圈圈叉叉

網夢達人 穹風@著

夕陽西垂時，我遠眺著被污染成五顏六色的小河，
想著十七歲這年秋天，狂放我整個生命的每個人：
那年的我們不懂夢想，卻喜歡夢想；沒有自由，卻渴望自由。
那年的我們努力追求愛情，卻不明白誰才是屬於自己的，那個真正「對的人」。
於是我們徬徨，而壓抑；我們掙扎，而孤寂。
身處在迷惘的時空裡，我知道生命是一場華美的旅行，
也知道，愛情裡需要的不只是機會，更多時候，還得要有勇氣。
我不在意這世界有多麼「圈圈叉叉」，只希望蔓延整個秋天的風暴過盡之後，
牽妳的手，走一程。

錦瑟無端五十弦，一弦一柱思華年。
莊生曉夢迷蝴蝶，望帝春心託杜鵑。
滄海月明珠有淚，藍田日暖玉生煙。
此情可待成追憶，只是當時已惘然。

唐，李商隱

楔子

我經常想起一年前的日子，雖然我還穿著一樣的水藍色上衣、藏青色西裝褲，但相同的制服，卻包掩著不同的靈魂。有時我懷疑自己是否還是原來的我，儘管我依舊愛遲到，考試成績也沒進步多少，但我知道終究是有些不同的。

有些屬於青春歲月中特有的輕狂與徬徨，似乎都隨著一年前那個秋天的結束而結束了。我伸手遮著天上緩慢落下的雨滴，快步走過早已走得習慣的巷道，慢慢悼念一些只能惘然的從前。那些曾經存在過的，我知道是雨水怎樣都洗不去的。

而延續至今的，則是我依然的期盼，那是我所慶幸的，當很多輕狂與徬徨都逐漸離我遠去時，我還有個屬於我自己，不變的期待。

下著細雨的早晨，沒撐傘的我，慢慢晃到了高工的後校門，它的前門地位，在我入學前兩年被新建的大門所取代了。不過學校附近眞正熱鬧的地方還是在這邊。

週末的早晨，淅瀝瀝的雨不停，我帶著故人從島國北方稍回來的信息，走到校門邊來。有個女孩披著將及肩的長髮在那裡等我，她是我好久不見的那個人。

01

故事應該要從這裡開始說，時間大約是秋天要來的時候。

天空總是黃昏夕陽，河濱小路總是崎嶇蜿蜒，我們依然是我們，我說的是笑起來眼角還沒有魚尾紋時的我們。不知爲何，那段日子總讓我聯想到黃昏，炫彩斑斕的無限黃昏。只是黃昏又總太短，彷彿一瞬間就要消失。

瞧！那不像青春的寫照嗎？原諒我用如此膚淺的比喻，不過我的腦袋只能想到這裡，蜻蜓經常要我多念點書，可惜我始終只學會這麼一點點。

這世界上，什麼都跟色彩有關，顏色可以用來象徵情緒，例如藍色象徵憂鬱；也可以用來表示交通狀況，比方綠色表示安全與寧靜。

顏色的功能絕對不只是顏色而已，不同的色調可以表現出不同的意義，種類五花八門，內容包羅萬象，通常複雜的顏色，可以象徵豐富的多元性，但有一種情形例外，就是：不管一條河川有多少種顏色，它代表的意義都一樣，叫作「污染」。

從很小的時候開始，我就對每天回家都會經過的這條小河充滿好奇，不曉得爲什麼它能夠三天兩頭就換個顏色。課本上說，大海是藍色的、河川是綠色的，而我每天上下學，沿著走回去的這條小溪，它則時而藍色，時而墨綠，有的時候更精采，還會有紅、褐、黃、紫等不大像是河川會有的天然色。

它從某個不知名的地方流過來，在一個狹窄的水泥橋頭轉向，變成與小路平行。當我知道那些顏色，原來不是老天爺給這條小溪的特別禮物，而是嚴重的水質污染時，小路已經從崎嶇的碎石子路，變成畫有路面邊線的柏油路，而我也從頭上戴著小學生帽的矮冬瓜，長成了書包背帶刻意裁得比人家短，額前的頭髮又故意留得比人家長的高中生了。

「趕著回去奔喪嗎？騎這麼快幹什麼？」我加了幾下油門，趕上了超前我甚多的蜻蜓。蜻蜓的名字自然不叫作蜻蜓，他叫楊清廷，諧音就叫作「蜻蜓」。

「你不覺得很臭嗎？」戴著口罩的他，只有眼裡露出了嫌惡的神色。

我說這條河我看了很多年，從來只留意到它的顏色，可從沒在意過它的味道。

「那你慢慢欣賞，我可受不了。」說著他又加了油門，繼續往前飛竄。

天正夕陽，傍晚的人潮車潮都集中在附近的大馬路，這條沿著河的小路向來人煙稀少，我們可以隨興地騎在雙黃線上都沒關係。蜻蜓加速之後，我立即跟上，夕陽映在淡黃色的河水上，把顏色攪得更加詭異，我沒再多留心河面上的風光，也沒去在意那空氣中是否有著其他的味道，只想快點追趕上去而已。

小路在接近橋頭時有個轉彎，轉過彎就是橋頭的十字路口，那裡會有紅綠燈，小河也轉向跟我回家方向相反的另一邊。蜻蜓的機車是改裝之後的一五〇C.C.，我的則只是自己存錢買的二手小綿羊，要追趕他有相當的難度。蜻蜓的機車發出低沉的咆哮聲，轉眼已經過了彎道，而我即使催緊了油門，也還離他大約幾十公尺遠。

不過那無所謂，因為我知道，橋頭的紅綠燈會逼得蜻蜓減速，從這裡過去，十次至少有八次會遇到紅燈，誰叫我們走的是小路，紅燈時間長到不行。

果不其然，當我越過那片擋在轉彎處，遮蔽視線的竹林時，就看到蜻蜓的車停了下來，但不同於以往的是，其實現在是難得的綠燈，而且蜻蜓居然不在車上。

他站在路邊，低著頭，那背影看來猶如一個站在法庭上靜候宣判的殺人凶手，他旁邊站了幾個人，身穿綠色與卡其色衣褲。我嚇了一跳，來不及煞車掉頭，已經被蜻蜓身邊那幾個人張見，其中一個身穿綠色服裝的中年漢子大聲地叫我：「周振聲！別跑，給我停車！」

我要修正我之前說過的話，原來綠色未必都象徵安全或安寧，有些綠色不但不會帶來好事，相對的總是呈現災難或麻煩，那種綠總是有點深，也有點沉，正確地說是橄欖綠，代表身分叫作「教官」。

當穿著卡其色衣服的糾察隊員在登記我的學號跟姓名，還有車牌號碼時，我心裡這樣想。

02

故事從這裡開始，青春也從這裡開始。

第六節的下課，我們在教官室挨了一頓訓。當我們以爲平安度過一天，昨天的事情只是一場惡夢的時候，廣播器裡傳來了教官中氣十足的聲音：「二電乙楊清廷、周振聲，立刻到教官室來！」

從教官室走出來，我跟蜻蜓的手上，各拿著一張記過單，不同的是，我是一支小過，他卻是兩支。我很納悶地問他原因，蜻蜓說：「因爲昨天教官把我攔下來，問我騎著機車要去哪裡的時候，我跟他說了一句話。」

「什麼話？」

「我說：『關你屁事？』」

「所以他就多給了你一支小過？」

蜻蜓搖頭，說事情沒那麼簡單，「後來他問我，爲什麼我這麼沒有禮貌，我又給了他兩個字。」

「哪兩個字？」

「我說：『我爽。』」

走在小操場上，我問蜻蜓，爲什麼要給教官這種回答，他想了想，用很爲難的表情對我說：「我眞的只是覺得這樣回答，我會很爽而已呀。」

除了稱讚他誠實之外，我不知道還能說什麼。他苦笑著問我記過單寄回家之後，要怎麼跟家裡交代，我說我無所謂，反正我家沒什麼人，寄回家是我收的，家長蓋章也是我蓋的。

「我可就麻煩了，我老頭會打斷我一條腿。」他很黯然。

不過黯然歸黯然，有些人就是有那種雖千萬人也要吾往矣的氣慨，蜻蜓就是一個。

教官室、教師辦公室等等校方行政單位所在的地方，都在同一棟大樓，隔著用來集合升旗的小操場，正對面是一排三樓建築，一般教室都在這邊，又後面兩棟才是實習工廠，我們電機科在三樓最旁邊，隔著樓梯就是廁所，憑欄可望及圍牆外的世界。走上樓梯時，蜻蜓望了望外面自由的世界，問我知不知道學校圍牆那圈有倒鉤的鐵製蛇籠網，代表的是什麼意義？

「什麼意義？」

「迫害。」他很篤定地，渾不理會我的瞠目結舌，說道：「這些教官、主任，每個都是老人，他們以爲一道又一道的鐵網，可以鎖住每個渴求自由的人，但他們不懂，行動雖然可以被限制，然而我們的心卻是飛揚的，這些迂腐的老人，他們不明白，威權專制的時代已經過去了。你沒聽見剛剛教官說的嗎？他說我們如果知錯還不改，以後就會變成危害社會的毒瘤。」

「那又怎樣？這種話聽過就算了嘛，你應該學著看開點的。」我說。

「怎麼可能看得開呀？」

「看不開的結果就是你比我多一支小過，這你還不明白嗎？」我不知道事實是否像蜻蜓所說的那樣，不過我覺得他很適合去選立委，或者以後當總統。

「說了半天，你到底懂不懂我的意思？」我們一起上了三樓，走進廁所，他先點了一根香菸，然後給我也點了一根。

「我只知道你需要去一趟心輔室，你壓力太大了，兄弟。」

「去他的心輔室。」他說。

回到教室時，老師已經來了，這位老師很有趣，上課老愛談政治，他的色彩時而泛藍，時而偏綠，不過那都比不上他的黑色眼袋來得有特色。老師的個性隨和，大家對他相對的也沒那麼尊重，老師姓龍，於是就叫他「龍哥」。

「你們兩個跑到哪裡去了，現在才回來？」龍哥手上的粉筆停止了書寫，全班也看著我們兩個。

「是這樣的，」我試著含蓄地說：「剛剛教官請我們過去一趟，他有些事情找我們。」

「找你們去幹嘛？」

我正想老實招出我們被記過的糗事，蜻蜓就先接口了：「教官對現在時下年輕人輕浮懶散的習慣覺得很不以爲然，準備在校內發起新生活運動，但是因爲他脫離年輕人的世界實在太久了，所以需要一些有爲青年來給他意見和幫助，因此特地邀請我們兩個過去了一趟，希望由我們來帶領……」

這段話還沒說完，龍哥手上的粉筆已經飛了過來，直接打中蜻蜓的腦袋。龍哥喝道：「再掰嘛，兩個都給我到門口去做五十下伏地挺身！做完才准進來！」

被處罰的時候，我聽見龍哥說我們這群人簡直是吃飽太閒，一定是青春期的活力無處發洩才會這樣，全班登時又爆出一陣笑聲。

「這跟青春期有什麼屁關係？」雙手撐得陣陣痠麻，我低聲問蜻蜓。

「不知道，不過龍哥說到青春期，我卻想到昨天。」蜻蜓說：「昨天遇到教官的時候，你有沒有留意到旁邊站的那幾個糾察隊員？」

「我只留意自己有沒有嚇得尿褲子。」我回答。

「孬種，我跟你說，昨天那裡有四個糾察隊員，三男一女。」

「那又怎樣？」

「那女的讓我覺得這學期開學的時候，沒加入糾察隊眞是個天大的錯誤。」

趴著的我雖然只能看見冰冷的磨石子地板，但我依然能想見蜻蜓臉上那副因爲青春期而產生的思春臉孔，他說：「那女孩眞的很可愛，身材又好，而且還是個一年級的，她站在夕陽下的模樣，簡直就是一個背後有光的小天使。」

「這麼神？」

「她讓我產生了向公權力挑戰的興趣。」

我很納悶，當時那種情形，蜻蜓怎麼還有時間去注意人家的臉蛋跟身材，他嘿嘿一笑，說：「我不但看到她的臉蛋跟身材，我還看到她繡在制服上面的科系、學號、姓名。」

蜻蜓用一種心嚮往之的語氣說：「她叫徐昱卉，建築製圖科，一年級，學號是七〇九八一六。」

「眞的假的，看得這麼仔細？哎唷！」我的疑惑被打斷，有個不知道什麼東西打中了我的腦袋，落在地上，一看原來是半截粉筆。

「還在那邊聊，每個人再多二十下伏地挺身！」又是一陣全班的大笑聲中，龍哥說。

我們不是好學生，但那不代表我們就不能愛上小天使。

03

自從我們變成「有爲青年」之後，上課中被龍哥點到座號，起來回答問題的機率就比以前多了很多。對很多成績優秀的同學而言，這是他們增加平常分數的好機會；對我們這種程度的人來說，則是多了很多訓練體能的時候。

「十六號，周振聲！」龍哥早已不再需要點名簿，反正叫來叫去都是同一群人，他早就背得熟了。

「有。」我站起來。

「你知道 **V=IR**，代表什麼意思嗎？」

「我知道，那是伏特的計算方式。」我說。

「嗯，V是伏特，但你知道I跟R各代表什麼嗎？」

我無言，開始有人竊笑。

「那你知道如果因爲你不懂它們所代表的意義，就貿然下去做配線的話，會發生什麼事情嗎？」

我又無言。

「我告訴你，會發生兩種狀況，第一是導致嚴重的短路，甚至爆炸。」我點點頭，龍哥笑著說：「另外一種，就是你得做二十下伏地挺身了。」

全班這時沒人忍得住笑了。我懊惱地捋起袖子，在無奈中走出教室。不過我知道我不會孤單，因爲龍哥的習慣就是這樣，他會把成績爛的全部點完，然後再開始問成績好的同學。果然，不到五分鐘，教室外面的走廊上，我旁邊就多了五六個人。

「我覺得龍哥是故意在整我們。」我低聲說。

「當然，不整你要整誰呀？誰叫你連電壓計算都不會？」蜻蜓說。

「我不會，難道你們就會？」

蜻蜓還來不及回答，更旁邊一點，胖胖的豆豆龍說話了：「我們是念在兄弟一場的份上出來陪你的。」

「放屁。」我說。

龍哥從第五十名開始點起，一口氣拉了六個出來活動筋骨，他說：「我這是爲你們好，我怕你們念了三年電機科，什麼都學不會，如果眞的那麼不幸的話，那至少你們都還有一身肌肉。」

有一身肌肉就是幸運嗎？我其實很懷疑，靠著兩年來的這身鍛練，我們班的同學有一半人都練得跟北斗神拳一樣，但那又如何？不過是讓我們打架很少打輸，搞得我們在學校裡結仇無數，記過記不完而已。

扯遠了，話題要拉回到星期五早上，因爲龍哥的眷顧，所以那兩節課，我一共做了八十個伏地挺身，中午吃便當時，拿筷子的手不斷發抖。豆豆龍更慘，他連筷子都拿不起來，結果是蜻蜓餵他吃飯的。

「爲什麼我們要遭受這樣悲慘的命運？」握著顫抖而垂軟無力的手，豆豆龍哀怨地說。

「不是『我們』，是你而已。」蜻蜓一邊餵他吃飯，一邊譏嘲著。

「我要去跟教育部抗議，這變態的體制讓我們的天空失去了藍色，卻蒙上了灰！」

「那你應該找環保署，不是找教育部。」我在旁邊笑他。

豆豆龍身高不滿一百七，體重卻超過九十公斤。雖然是胖了點，但還算是個好人，他座號十五號，實習課跟我同組。學科成績一級爛的豆豆龍，家裡開的是機車行，電工的實地操作可是他的拿手強項，托他庇蔭，我的實習每學期的缺課率雖然高達三成六五，不過成績卻總是超過八十分。

大家都笑了出來，一時忘了用餐時間已過，現在已經是午休時段，豆豆龍罵我沒人性，蜻蜓說豆豆龍是個只會修機車的笨蛋，我則譏笑蜻蜓餵飯的模樣看來像個殘廢的菲傭。教室裡又傳出同學們的哄笑聲，而教室外剛剛走過三個糾察隊員，他們踏著一樣的步伐，戴著一樣的臂章，兩男在前，一女在後，踩著緩慢但有力的腳步走過去，其中一個男的拿起手上的筆記本寫了些東西。等我發現他們時已經來不及制止大家了，我們班又被扣了幾分生活分數。

「是那個女的！」蜻蜓把手一比，大聲喊了出來：「徐昱卉！」

這一喊，班上同學都愣住了，一群和尚五十多個，一共一百多隻眼睛同時望向窗外，走廊上穿著軍訓服、掛著糾察臂章的女孩轉過頭來，她不知道剛剛是誰叫了一聲她的名字，但我們卻都看清楚了她的相貌：尖尖的瓜子臉、尖尖的高鼻子，還有明亮動人的大眼睛。

這個學校一共有十三科，學生總數超過三千人，男女比例大約是四比一，站在愛情無分性別的觀點上來看，這三千弱水都是我們可能發生感覺的對象，而倘若三千弱水，只能取一瓢飲的話，我想我們應該都會選擇徐昱卉。

我們都想選擇妳，那妳打算選擇誰？

04

這是個不斷高喊男女平等口號的時代，「新好男人」成爲男性同胞戮力實踐的目標，但我們科主任例外。這學期開學時，一年級的新生班上，忽然多了個女學生，怪只怪電機科招生細則上，並沒有註明只收男生，所以就發生這樣的意外。面對本校創建數十年來，電機科的第一位女同學，科主任的作法是：消滅她。

那陣子科主任勤去女學生家拜訪，又和導師商量，費了好大周章之後，終於把那個女同學弄到冷凍工程科去了，我們電機科三個年級六個班，依舊是一片青青草原，連朵紅花都沒有。

「至少我們還有小趙。」豆豆龍說。

「那有個屁用，小趙只有樣子像，他終究是個穿褲子的男生。」蜻蜓說。

窩在實習大樓的屋頂上，大家有一搭沒一搭地聊了起來。小趙是個男生，是青青草原當中的一株草，不過這株草帶點粉紅色，他的聲音太尖嫩，動作太細膩，連長相也太粉味。我們都經常替他哀怨，老天爺若非做人的時候偷打瞌睡，就是故意開了他一個大玩笑。

今天的社團活動，大家約好了一起提早下課，我們躺在實習大樓屋頂抽菸曬太陽，同樣是愜意悠哉。

我聽著蜻蜓和豆豆龍聊起關於女孩的話題時，心裡忽然想到中午，見到徐昱卉的那短短幾秒鐘。儘管在一個男生佔大多數比例的學校中，一個女孩只要長得乾淨點、略有姿色，就可以頗受歡迎了，但我還是覺得，徐昱卉仍有她獨特的過人之處，那是一種……從明亮的眼神裡煥發出來的光采。拿句老套到不行，愛情小說中常用的話就是，「她投射過來的目光，在男孩的心裡激盪起一陣漣漪」。我想，大概也只有這樣的魅力，才能讓蜻蜓一眼就發現到她吧。

「想什麼？」蜻蜓忽然轉頭問我。

「你說那個徐昱卉會不會已經有男朋友了？」

蜻蜓「噗」地笑了出來，他說：「怎麼你對她有興趣嗎？兄弟，我告訴你，你最好快點打消這個念頭，因爲你跟她完全是兩個世界的人，就像小偷不可以跟警察談戀愛一樣，爛學生也不大可能跟女糾察隊員怎麼樣；再者，我們跟建圖科一向都不對盤，羅密歐跟茱麗葉的故事你總聽過吧？」

「愛情是不分界線的。」我說。

「是嗎？那你可以去把女教官或福利社的阿婆，這個徐昱卉眞的不適合你。」蜻蜓很誠懇地對我說。

眞的沒機會嗎？我只是覺得，至少可以認識一下也好嘛。「所以你這是在提醒我，要我別輕舉妄動就對了？」我帶點躊躇問蜻蜓。

「不只如此，我是在叫你死心。」

「可是先對她有興趣的人明明是你耶！」我忽然覺得哪裡怪怪的，蜻蜓勸我的話，好像跟他自己做的就有點矛盾。

「對呀，所以我叫你死心呀！」他還理直氣壯，不過話一說完自己就先笑了。

「媽的，講那一堆屁理由，什麼羅密歐與茱麗葉的，叫我死心，原來是因爲你自己別有所圖！」躺著時雙手不好使力，於是我用腳踢他。

「哈哈哈哈……人不爲己，天誅地滅嘛。」

望著天空的浮雲慢慢掠過我的正上方，那清爽的風飄過，帶來實習工廠特有的機油味，我把菸蒂直接從四樓彈擲出去，然後嘆了口沒有理由的氣。

「欸，豆豆龍。」我想問豆豆龍，這週末有沒有空，要找他幫忙檢查我的機車。

「豆豆龍？」又沒回應，蜻蜓爬起來一看，才發現他已經睡著了。

「有沒有搞錯？這樣就睡著了？」我們都萬分納悶，居然躺不到十分鐘，豆豆龍就昏死過去了。

「他會不會睡一睡忽然死掉？」蜻蜓問我。

「有可能喔，胖子好像都很容易死。」老實說我是眞的有點擔心，於是我們圍著豆豆龍蹲下來，試著發出一些聲音，或者跺踏地板，但這些都無法讓豆豆龍靈魂歸位。

「有什麼辦法可以讓他醒過來？」蜻蜓問我。

我想了一想，也許除非發生大地震，或者酷斯拉的吼聲才可以吧。

「找個人吻他看看。」蜻蜓又說。

「好呀，你吻。」

「你吻啦。」

「作夢，豆豆龍可不是睡美人，睡美人沒這麼胖，睡覺也不會流口水。」我搖頭。

蜻蜓被我逗得笑了出來，而就在這個時候，實習大樓的樓梯口傳來一聲低沉粗啞的暴喝：「剛剛是哪個王八蛋把香菸丟下來的？」

這個聲音非常熟悉，前幾天這聲音的主人才對我們疾言厲色，說我們以後會成爲社會的毒瘤。不用回頭，我們就知道那是主任教官的聲音，嚇得我跟蜻蜓立即拔腿狂奔，這頂樓一共有兩個樓梯可以下去，教官從東側上來，我們兩個立即拔腿向西側逃走。

拉開鐵門，我們飛奔跳下一整排樓梯，按照之前被追捕的慣例，我們一遇到叉路就分頭行動。蜻蜓轉身往三樓中庭跑，我則順著西側樓梯繼續往下跳，到了一樓之後，我馬不停蹄，縱身竄入花圃，穿過一排榕樹，接著轉過建築科的實習工地，然後繞過福利社，最後我在禮堂側面、蔣公銅像旁邊，看見比我早來一步，氣喘吁吁的蜻蜓。

這座蔣公銅像是我們每次分頭逃難之後，約定見面的老地方，向來總是我先到，今天卻讓蜻蜓搶了個先，而通常最後一個趕來會合的，都是豆豆龍。

「啊！」

「啊！」

我們同時大叫出來，豆豆龍呢？他醒了嗎？

「二電乙楊清廷、周振聲，立刻到教官室來！」校內廣播器又響起熟悉的聲音，叫喚著熟悉的名字。

愛情不是看了兩眼之後就確定存在的，所以，也許我們該見第三次面。

05

蜻蜓的辯才在電機科聲名遠播，大家都知道他有一張能言善道的嘴，但可惜的是這個人寧願把才能浪費在鬼扯上，過度率性的結果，就是連教官都知道他的口頭禪。被逮到抽菸的隔天，我們被傳喚到教官室應訊。

「你們爲什麼老是喜歡跟大家不一樣？抽菸、打架、鬧事，連制服都改得亂七八糟！你們以爲這能證明什麼？」瞪著我們，教官惡狠狠地說：「我告訴你們，這些都不能證明你們比人家成熟，也沒有任何意義可言，你們明白嗎？」

沒說話的我們三個人，一起點點頭。

「被抓到這麼多次還不知悔改，難道你們以收集記過單爲榮嗎？」

沒說話的我們三個人，一起搖搖頭。

「那你們自己說說看，爲什麼要抽菸？」主任教官盯著看起來最好欺負的豆豆龍。

「因爲無聊。」他說得很心虛。

教官轉頭看向我，我則說：「因爲好奇。」

無聊跟好奇大概是每個學生抽菸被抓時，最常用的理由，而通常，也是最好用的理由。

「那你呢，楊清廷？你在教官室已經紅透半邊天了。來吧，告訴我，你爲什麼要抽菸？」

我們低頭偷眼看看蜻蜓，想知道除了無聊跟好奇之外，他還可以想出什麼老套的理由來，結果他說：「因爲我爽。」

有兩句俗話是這麼說的：「是非只爲多開口，煩惱皆因強出頭。」身爲教官室的紅人，蜻蜓相當了解這個道理，不過可惜的是，還有另外一句俗話更適合他，叫作「狗改不了吃屎」。

教官的臉漲得比富士蘋果還要紅，他幾乎要氣炸了肺，用力一拍桌子，二話不說，叫我們這三顆未來的社會毒瘤，拿了記過單就馬上滾。

如果今天有人叫你馬上滾的話，你會是什麼感覺呢？羞憤嗎？慚愧嗎？不，其實你應該喜悅。「馬上滾」這句話通常代表的是，只要你馬上消失在對方眼前，那就可以平風息浪，什麼事也沒有；可萬一對方撂下的是「走著瞧」，那可就眞的是後患無窮了，比如我們跟機械科的痞子們，就經常講這句話。

所以當教官叫我們滾的時候，我們其實是很開心的。一支警告而已嘛，帶著反正無傷大雅的心情，我們沒理會上課鐘已經響起，還慢慢踱步回教室。

只是我們沒想到，更倒楣的事情，還在後頭等著。一回到教室，小趙就說導師找我們，要我們立刻過去科辦公室。

而一到科辦，我們就知道來錯了。滿臉怒容的導師在教官之後，接著不斷數落我們，還說我這是在助紂爲虐，明知道蜻蜓個性火爆，豆豆龍腦袋不好，卻老是陪著他們起鬨。

人要做什麼不應該都是自己決定的嗎？根本不會因爲我說什麼，蜻蜓就變成循規蹈矩的好孩子吧？看著一臉皺紋的班導師，我覺得我很倒楣。

罵完我之後，導師又責怪豆豆龍，說他不該交到壞朋友，什麼益友有三，友直、友諒、友多聞，像我們這樣的朋友應該丟進垃圾筒。我聽了是無所謂，反正被罵習慣之後就沒感覺了，但蜻蜓卻開始握拳，這傢伙平常雖然總是嘻皮笑臉，被罵也面不改色，只要人家不拿他的人格做文章來侮辱，他都還可以忍受，然而導師這幾句話卻毫不避忌，直觸其要害，我怕他脾氣一旦發作起來，那可不得了，拉拉他的後腰，提醒他要鎮定一點。

「還有你，楊清廷。」罵完豆豆龍，導師看著蜻蜓，思索著接下來要罵什麼。頓了一下，導師只問了他一句話：「你有沒有要解釋的？」

我想這就是我永遠都學不來的氣魄吧！蜻蜓宣著眉，雙眼直盯著人高馬大的導師，他看起來似乎完全沒有怯懦之意，我甚至一度以爲我人在法場，蜻蜓就像個臨死不屈的好漢。

「你們三個人當中，就你最聰明，資質也最好，所以我只跟你說兩句話，希望你可以明白。」導師緩緩呼了口氣，對蜻蜓說：「英名罵名，一念之間。」

對於老師們對蜻蜓的期許或評價，我並不是相當了解，但是我知道，導師給他這八個字，其實是鼓勵多於苛責的。如果我是蜻蜓，我會躬身受教；如果豆豆龍是蜻蜓，他會感動得痛哭流涕；可是蜻蜓終究是蜻蜓，他把手扠在腰間，頂了一句話回去：「我做什麼用不著誰來教我。」

結果就是這樣，要說他白目也好，或者說實在太有骨氣也好，事情的最後，就是導師氣得鼻孔差點噴出白煙，若非龍哥的勸阻，導師這一掌大概已經把蜻蜓的門牙都打斷了。

「你們這三個白痴，給我滾出去！通通到科辦外面去半蹲！」龍哥拉著導師，趕快對我們揮揮手。

話說我已經有大約快十年的時間沒有被罰過半蹲了，聽說現在教育部已經禁止了這項處罰，理由是對身體有嚴重傷害。不過我們這所具有軍事兵工學校背景的老高工可不吃這一套，叫蹲還是得蹲，只是我跟豆豆龍都蹲得很不甘願而已。

「媽的你忍一下會死嗎？」我埋怨著。

蜻蜓蹲在我們中間，我最靠近科辦門口，還看見導師氣得砸水杯的樣子。三個人半曲著腳，雙手平舉，姿勢要多醜有多醜。科辦在電工大樓的三樓，正好可以望見庭院裡一棵棵的相思樹跟楓樹，現下是夏末時節，楓葉還沒轉紅，也沒什麼好景致可以看，再配上蜻蜓一張牛脾氣的屎臉，那是更加掃興了。

「抱歉，害你們一起半蹲。」他忽然用蚊響般細微的聲音說。

「沒關係，放學後你請我吃一支芒果冰棒我就原諒你。」我說著，大家都輕聲笑了起來。

我們就這樣蹲了一小時，這一節是龍哥的課，他拎著課本走出去的時候，並沒有對我們多置評責，只是搖搖頭而已。反正課上了也聽不懂吧，所以他竟沒叫我們一起回教室。

被罰過半蹲的人就知道，這種姿勢的前五分鐘最是難熬，因爲膝蓋承受身體大部分的重量，再加上手得打平伸直，那雙重折磨簡直會要人命。可是一旦熬過開頭的五分鐘，手腳逐漸麻木之後，就不大有什麼感覺了。我們開始小聲聊天，甚至有說有笑，就這麼聊到了下課鐘響，開始放學前的打掃爲止。

我們在聽到腳步聲時，三個人一起盯著樓梯口，想看看是哪位老師下課回來，那腳步聲有點沉重，聽起來像是龍哥，豆豆龍則認爲這腳步聲頻率很快，可見走路的人雙腳甚短，那就應該是教輸配電學的徐老師。

「不大對，你們仔細聽，腳步聲不只一個人。」蜻蜓說：「要不要賭一把？賭冰棒就好，猜猜看第一個上來的人是誰。」

「龍哥。」我賭他。

「太空恐龍徐老師。」豆豆龍說。

「我猜是科主任。」蜻蜓也下了注。

人生是一場賭局，但未必每次掀底牌都有人贏，套句麻將的術語，叫作「流局」。我們最後吃的那根冰棒，是龍哥出的錢。

最先走上來的是個預設答案之外的第四者，一個讓我們跌破眼鏡的女孩，她是徐昱卉，而徐昱卉的背後才是龍哥。龍哥指著我們三個，對徐昱卉說：「這三個是我們電機科的優秀人才，正在這裡接受特殊的專業訓練，相信他們可以幫你們校刊社很大的忙的。」

龍哥笑得很陰險，徐昱卉看得目瞪口呆，豆豆龍是一臉茫然，而蜻蜓則露出大事不妙的緊張神情，至於我，則是眼珠子差點掉了出來。

我可以接受所謂的宿命或巧合，但我也希望，巧合不要在我們半蹲時發生。

每個學校幾乎都有校刊社，可是不見得每個學校的校刊都編得像我們這麼誇張，厚度驚人之外，內容還五花八門，上學期的校刊裡頭，我就看到化工科的學生在連載武俠小說。

龍哥帶著我們走到科辦外面的走廊來，給我們做了介紹：「這位是建圖科的徐同學，她是校刊社的編輯之一。」

我們三個點點頭，一時間反應不過來。龍哥又說：「人家現在要做一個訪談單元，正在找個案，我看你們三個最有代表性了。」

他轉頭對徐昱卉說：「就交給妳了，有任何問題可以直接找他們，如果他們不配合，或者膽敢對妳亂來，妳就來告訴我。」說著，龍哥瞪了我們一眼，說：「好好合作，我出錢請你們吃冰，不乖乖認命，我就讓你們伏地挺身做到畢業爲止。」

打了個冷顫，蜻蜓接過龍哥請吃冰的錢，我們目送他緩步踱回科辦，然後四個人都有點扭捏，誰也找不出話來開口。熬了半晌，還是蜻蜓先說話，問問這位小學妹找我們有什麼事。

「嚴格地說，應該是校刊社找你們，而不是我找你們。」她表現得很鎮定，但我可以感覺得出來，那鎮定中其實帶點緊張。停了一下，她努力做出一個笑容，說：「還有，不要叫我小學妹，我叫徐昱卉，叫我昱卉就可以了。」

看我們都呆瞪著眼，她繼續說：「我們這學期要做一個單元，談一些關於校園暴力跟幫派的問題，還要探討不良學生的產生原因，以及這些學生的心理矯正問題。」

「暴力跟幫派？」蜻蜓瞪眼。

「不良學生？」我很懷疑那跟我會有什麼關係。

「我需要矯正的應該是體重。」豆豆龍說。

我們每問一個問題，昱卉就點一次頭：「你們的大名……」說著她看看我跟蜻蜓：「尤其是你們兩個，在這個圈圈已經具有代表性了，我也經常聽到，所以當我接下這個單元的編輯時，我就想到你們，才特別來拜託龍老師，請他幫我介紹，希望你們能幫忙。」

從來也沒聽說記過會被記到有代表性的，這種不像恭維的恭維，若在平時，蜻蜓一定會反唇相譏，也可能直接掉頭走人，不過因爲說這話的人是昱卉，所以我們不但沒有生氣，而且還一臉唯唯諾諾地答應了讓她訪問。

因爲豆豆龍必須回家幫忙照看機車行的生意，所以我們吃完龍哥請的冰，捱過了降旗時間之後，他便先行離開，說好了在7-11外面見的這場約，只有我跟蜻蜓一起來。好心的店家在櫥窗外擺放了一張有遮陽傘的桌子，還附帶幾張椅子，眞是既見得光又省錢的地方。

下午四點半，校門外滿滿的學生人潮，昱卉正在介紹校刊社做這單元的計畫。

「我們想找有很多記過經驗的同學來做訪問，因爲這樣最能直接談到問題的核心，我們想在這個單元中，討論……」她說。

「等等！我們有被記很多過嗎？」蜻蜓搔搔頭。

「老實說，是的，在教官室的紀錄裡，你們兩個的記過次數，應該是全校二年級數一數二的了。所以，我想先了解一下，學長你們對校規的看法，為什麼你們老是觸犯校規呢？」

「因爲校規並不適合每一個人，因爲制式的囚籠並不能拘禁住每個人，因爲高壓政策並不能解決所有的問題。」昱卉一問完，蜻蜓立即不假思索地回答，像個口若懸河的立委。

「穿上一樣的制服也不表示每個人的思想就是一樣的。」我補充。

「沒錯，我們每個人都是獨立的生命個體，固定的標準並不能箝制住每個不同的思想。」蜻蜓於是順著我的話，繼續聊起了他對校規與記過標準的看法。

我想起那天在實習大樓屋頂上的對話，又想起自從昱卉出現以來，跟我們這幾次交會時，蜻蜓的種種表現，忽然有一種不妙的感覺。那種不妙，是因爲我看見了蜻蜓眼裡的神采，再配上他說話時不斷做出的手勢，正散發著他獨特的魅力，這種魅力非常驚人，簡單地說，叫作「放電」，而從昱卉的眼裡，正露出崇仰與讚賞的目光，這說白一點，就叫作「被電到」。

這時蜻蜓已經把他的香菸拿出來了，如果不是這裡離校門口太近，教官就在那邊站崗，我想他也許就要點上一根了。大概沒遇過這麼能說話的男生吧，昱卉似乎有點不曉得該怎麼接口，說話的主導權完全在蜻蜓那邊，她只能用手指靈巧地轉動著筆，直到蜻蜓把他對校規制度與校園幫派問題的觀點都扯完之後，這才問我們願不願意找個時間，把這些話再講一次，因爲她們還需要記錄跟整理。

「等等，我想先知道一下，妳會不會把我們的名字寫進校刊裡？」我跟蜻蜓最大的不同，在於我的保守跟謹慎，我說：「我可不希望到時候全校幾千個人，都知道妳訪問的問題人物是我們。」

「這應該不會，而且現在也還沒正式開始訪問，我們有另外一位同學還沒過來，她才是眞正負責訪問的同學，我是負責撰稿的。」昱卉補充說：「我對照相比較有興趣，通常只負責攝影，這次是因爲我對採訪的主題很有興趣，所以才讓我幫著撰稿，算是輔助工作。」

「嗯，」蜻蜓用手指輕敲了一下桌面，他說：「這樣吧！如果妳要做這類的探討的話，我建議妳不要紙上談兵，妳應該實地去了解跟認識，當妳知道我們在想什麼的時候，我想妳就知道妳要怎麼寫了。」

「實地認識跟了解？」

「當然呀，妳認識我嗎？不，妳不認識，那妳就不知道我們喜歡騎著車在路上晃的原因，也不知道爲什麼我們會想改裝機車，對不對？」

「你的意思是說，要我跟你們一樣飆車、抽菸？」

「騎車，不是飆車。」我插話糾正。

看樣子眼前這位小美女有點糊塗了，昱卉茫然著，她手上的筆停止了轉動，而蜻蜓接著說：「嗯，阿振說得沒錯，看吧，妳連騎車跟飆車都不知道怎麼區分，這又怎麼可能了解我們的想法呢？我們長期遭受誤會，被當作不良少年。其實妳現在要做的不應該只是沒有意義的官方紀錄，妳要做的是深入了解我們，爲我們洗刷冤屈，還我們清白才對呀！」

蜻蜓手一攤，背靠上了椅子，他的左手搭在我的肩膀上，右手指節輕輕敲著木頭桌面，表情認眞嚴肅，儼然就像個正在跟人家談判的黑社會老大。

我已經不知道到底是該笑還是該正經好了。蜻蜓的樣子很專注，可是言談間已經露出了只有熟人才聞得到的攪和味道。所以我只好點點頭，反正除了點頭，我也沒話好說。

昱卉似乎也覺得哪裡不對勁，她可能沒想到龍哥介紹給她的，會是這樣的怪胎吧。我們坐在街邊，維持短暫的安靜，下午的涼風輕輕吹過，直到昱卉書包裡的手機響起。

「我同學要過來了，我去接她，失陪一下。」她說。

在昱卉走開之後，蜻蜓又維持了大約十五秒的鎭定，這個讓我猜不透的傢伙，在這時現出了眞面目，他噗地笑了出來。

「你到底在胡說八道些什麼？還洗刷冤屈咧！小心把她給嚇跑了。」我推了他一把。

「開玩笑，我在接受訪問耶。」

「訪個屁問，什麼實地深入了解？你以爲你是明星嗎？」我回頭看看昱卉的背影，小聲地說：「你老實承認沒有關係，你剛剛扯的那些歪理，其實只是在吊她胃口，你其實正在準備實行你個人的不良企圖，並宣洩你青春期無處發洩的精力對不對？」

「老弟，我實在不曉得該怎麼跟你解釋才好，你忘了我們跟龍哥說的嗎？我們要當有爲青年耶！你知道什麼是有爲青年嗎？嘿嘿嘿嘿……」說著，蜻蜓撥了一下他的頭髮，露出了外人看來應該會很帥氣，但我只覺得很智障的笑容。

我很希望這是我的故事，但看來男主角輪不到我當了。

另外一位校刊社的成員也是個一年級的女孩，而且是昱卉的同班同學，兩人個子大約一般高，不過昱卉臉蛋的皮膚像個光潔漂亮的陶瓷娃娃，這位同學臉上卻長了一點點痘痘。她是彰化員林人，有個當地特有的大姓，姓涂，叫作涂寶雯，不過目前全家都居住在台中。

寶雯講話不疾不徐，有種溫文的感覺，跟昱卉的精明能幹似乎也頗有不同。我們四個人圍著一張小桌子坐下，寶雯慢慢地攤開了紙跟筆，但卻不直接聊起訪談的問題，她看看蜻蜓，又看看我，然後問了我們一個奇怪的問題：「你們覺得今天的心情美麗嗎？」

這是什麼問題？我跟蜻蜓都愣了一下，寶雯給我們微笑作爲鼓勵，她說：「所有的事情都應該在心情美麗的時候進行，不然做什麼都不會開心的，對吧？」

我開始有點明白，爲什麼訪談要由寶雯來發問了，因爲她不像昱卉那樣直接，也不急於處理檯面上的問題，比起來，她更加圓融，而且懂得如何切入問題。

這兩天我們的心情的確都不大美麗，又是記過又是半蹲，心情早已爛到極點，如果有什麼是可以讓我笑的，那大概只剩下昱卉的笑容，跟寶雯那令人感到溫暖的語調了。

看著我們搖頭，寶雯便收起了筆跟紙，她見桌上都是空的，於是又進了7-11，買了飲料出來，蜻蜓的是一瓶可樂，我的是芭樂汁，給了昱卉兩瓶養樂多，寶雯自己卻只有一瓶礦泉水。

「水？」我很詫異。

「嗯嗯，有問題嗎？」她微笑著打開瓶蓋，居然還插了一根吸管。「我不知道你們喜歡喝什麼，只知道昱卉愛喝養樂多，至於我，我喜歡喝水。」

喜歡喝水當然不是壞事，只是在我們的世界裡，大家都苦哈哈地過日子，連買菸的錢都沒了，哪裡有閒錢買這種飲水機裡就有的東西呢？

「水可以洗淨很多東西，包括身體裡的雜質，多喝水對身體是有好處的喔。」她舉起水瓶，對著我們說。

寶雯的話讓我想起每天回家的路上，會經過的那條河流，小河早已失去了水該有的顏色，我看著寶雯搖晃著水瓶，心裡有點難過，那是我從小看到大的河，我所經過的時光無法倒流，那條河是否也再不可能回到當年的清澈呢？

於是這場沒有開始的訪談就這麼結束了。大家喝著飲料，聊了起來。剛到台中來的昱卉，對這裡的環境相當陌生，而寶雯家搬到台中來，也不過近半年的事，所以熟門熟路的我跟蜻蜓，便充當起她們的旅遊手冊，開始介紹台中市一些值得去走走晃晃的地方。

街上的學生人潮慢慢減少，我們說話的音量也慢慢放輕，遮陽傘下的蜻蜓正在瞎掰著逢甲夜市的逛法，我看見昱卉專注傾聽的神情，她的雙眼並沒有一般女孩在看男生時，會出現的那種羞赧，她是非常認眞而集中精神地聽著蜻蜓說話的，連雙眼都直盯著蜻蜓看。

而寶雯則跟昱卉完全相反，她像是在瞥看路邊的人車或建築，也像自己在沉思著一些什麼，然而每當蜻蜓說到她不了解或陌生的地方時，卻又能夠準確地提出疑問。

我在人群散盡、執勤的教官也收工下班之後，把制服上衣脫下，只剩下黑色的背心，然後點了一根菸。昱卉跟寶雯並沒有阻止我，寶雯給了我一個微笑，昱卉則是俏皮地睨了我一眼，那表情像是在對我說：「嘿！我雖然沒在值糾察勤務，可是好歹也是個糾察隊員喔，你竟敢在我面前抽起菸來呀？」

看著昱卉的模樣，我忽然心中一震，當然，那也絕對不是因爲她糾察隊員的身分。

聊到傍晚，散場前，寶雯跟昱卉給了我們一人一張她們在校刊社印製的名片，說好了過幾天找個適當的時間再繼續做訪問，而我們也把自己的電話號碼留了下來，以便聯絡。

目送兩個女孩離去，蜻蜓問我對寶雯的看法如何。

「是個好人，不過也是個怪人。」在我觀念中，會問人家心情美不美麗，而且愛喝水的人，一定有哪裡不正常。

「我倒覺得她的型跟你挺搭的。」他笑著說。

送給他一支中指，瞎子都看得出來他的意思。把我推過去跟寶雯送做堆，對他來說只有好處，沒有壞處。

「搞不好做完訪問，當她們看清楚了我們的廬山眞面目之後，以後在學校看到我們就望風而逃了。」我說。

「放心吧，你知道我是誰嗎？我是蜻蜓耶。」

「我還是覺得你很需要去一趟心輔室。」看著他凝目遠望，一臉深不可測的驕傲模樣，我嘆息。

後來蜻蜓問我要不要一起回家，但我藉口要到漫畫店去租書，所以讓他先走。把車停在路邊，又抽了根菸之後，我才慢慢兜到回家路上要遇到的那條小河旁。

在河邊停下了車，坐在習慣窩著的老榕樹下，看著五顏六色的水。不想對蜻蜓據實以告，是因為不想聽他嘲笑我的多愁善感，而這份惆悵有點複雜，就像河水無法一一釐析出每個顏色一樣。

天色已經暗了，我看不清楚河的對面，說也奇怪，看了這麼多年的風景，對於對岸的一切，我竟然從沒在意過，印象中那邊就是一片綠色，至於有沒有路、是農田還是雜草，我居然半點確定的記憶都沒有。

望著因為天色昏暗，而映襯得更加晦濁的溪水，我想著昱卉說的，我們已經被記過記到有代表性的那些話，心裡感到既可悲也好笑，或許如蜻蜓所言，很多事情不能只看表面，教官說我們有錯，我們就真的有錯，但有很多時候，我們只是想做一點我們想做的而已。是哪，我們想做的。我抬頭，看見遠遠的山邊有逐漸升起的下弦月，心裡卻不知道自己想做的是什麼。

讓我結束沉思的，是老媽打來的電話，她跟她的新老公住在高雄，問我這星期是否要到南部一起過週末。

「不要。」我直接拒絕。

「不然你要去哪裡？又要跟你爸爸見面嗎？」

我爸媽離婚後，我爸就一直到處跑他自己的生意，偶而會到台中，我們父子才有機會見面，平常時候，他只是靠著之前給我的一支手機，作爲跟我連絡之用而已。

「我們這學期開始有輔導課，我星期天早上要上課。」我胡扯著。

老媽在無奈中掛上了電話，跟我說已經匯了兩萬塊錢在銀行，給我當生活費。把手機放回口袋裡，我點了菸盒裡的最後一根菸。

學校是眞的有輔導課可以上，不過那只限每個班的前三十名參加，也就是說，我根本就連去參加的資格都沒有。不過靠著這個藉口，也讓我再也不必每個週末都大老遠一個人坐車到高雄去，看著陌生的男人叫他「叔叔」。

人生嘛，多多少少總是有一些不如意的，在這方面我倒是看得很開，反正不過就是那麼一回事，難過要捱一天，快樂也是一天，如果可以，我希望未來的日子只剩下歡笑就好。

當路燈已經亮起，小河只聽得到水聲，再也望不見水流的時候，我這才準備上車回家。不過我才剛發動引擎，電話就又響了，我猜想那是外婆打來的。我跟外公、外婆一起住，兩個老人家住在大里市，離學校很近，父母親離婚之後，因爲不想轉學，所以我選擇跟著他們過生活。

「我現在要回家了啦。」拿起電話，我直接回答。

「你還沒回家？」電話彼端是個我陌生的聲音，一個女孩的聲音。

我愣了一下，以爲是對方打錯，而我答錯的一通電話，看了來電顯示，是陌生的號碼。

「對不起，妳可能打錯了喔。」我說。

「你是周振聲沒錯吧？」

「嗯，妳哪位？」我皺了皺眉。

「學長好，我是寶雯，我的電話你還沒存進手機呀？很不好意思打擾你，我只想問一下，不知道過兩天的你們，心情會不會美麗一點？」說著，我又聽見她笑得很溫暖的聲音。

我的心情明天會美麗嗎？那得看明天會不會見到妳們了。

08

嚴格說起來，大里的家其實不能算是一個家，因爲這裡徒然具有樣式，卻沒有實質。就好比我停放機車的曬穀場，從我懂事開始，這塊空地就不再有穀子被鋪在上面過了。外公的身體在賣掉田地之後，快速衰退，他老得只能每天坐在二樓佛堂中，對著一張觀世音菩薩的畫像磕頭。

而外婆的生活也沒豐富到哪裡去，除了灑掃跟做飯，她的生命只剩下電視機與臥房。這是我不喜歡窩在家的原因，既沒有可以說話的人，也沒有可以做的事情。

吃過晚飯，窩在房間裡，五月天正唱著「擁抱」。我很想念點書，可惜卻什麼都看不懂。上課時明明老師講的我都知道，筆記寫了滿滿的，可是一回到家，就全都忘光光了。翻開電力學是這樣，輸配電學也是這樣，我還找到一張夾在電子學課本裡的小考考卷，居然只有五分。

按理說我爸是個還算成功的商人，我媽是個受過高等教育的公務員，沒道理我的腦袋會這麼糟糕吧？拿著筆，我想按照課本上的公式，計算一下電容，可是怎麼算都跟範例給的答案不一樣。

到最後我放棄了，把課本闔上，我抱著前幾天租來的《鹿鼎記》，窩回床上，要背韋小寶那七個老婆的名字，至少比背十幾種奇怪的螺絲釘的英文單字要容易得多。

大里市位居台中市邊緣，偏僻的地方仍然不少，我們這一區若非建了中投公路，大概再過一百年都還會是一片稻田。田野的好處甚多，有地方烤蕃薯，也有樹蔭乘涼，甚至還有蛙鳴鳥啼，而壞處就像現在，蚊子眞的有夠多。

一邊翻書，一邊打蚊子，我還一邊接電話。豆豆龍打來，說他們店裡到了一批新的合成機油，還有我要的新變速箱都來了，要我這兩天過去一趟。

我想起下午蜻蜓跟昱卉說的那些話，爲什麼我們要改裝車輛呢？爲什麼我們喜歡自己的車跟別人不一樣呢？我看看支在菸灰缸上，正在燃燒的香菸，爲什麼我們喜歡抽菸呢？

「喂，是我，周振聲。」我打了電話。

「嗯，我知道。」她的聲音依然是溫暖的。

「妳們不是要做訪談嗎？或許我們用說的很難讓妳理解，正好這兩天下午我們會過去車行一趟，看妳跟昱卉要不要一起來，讓妳們了解一下我們喜歡改車玩車的理由，要嗎？」

電話那頭是寶雯甜甜的笑聲，她說：「嗯，我住我家，這比較無所謂，但是昱卉住在學校宿舍，平常的門禁時間是晚上七點半，只要讓她趕得及回宿舍都可以。」另外，她還希望可以拍照，但保證不會拍到我們的臉面，這一點我也答應了。

於是我們說好了大後天一起去車行。會選擇打給寶雯是因爲我們稍早已經通過電話，講起話來比較熟悉。我的手上拿著兩張名片，這是我這輩子第一次拿到別人的名片，另一張的號碼，不曉得爲什麼，我不敢打。

我想起龍哥有一次上課中開玩笑說的話，他說我們這年紀的男生好勇鬥狠，每個人都想表現出一副舉世無雙的樣子，可是一旦遇到自己眞正心儀的女生時，卻又孬種得跟烏龜一樣。我苦笑著把昱卉的名片收進抽屜裡，心中眞是無奈。

走出房間，我在曬穀場上發動了機車，這台小綿羊雖然是中古的，但是長期以來，我跟蜻蜓不斷地保養跟更新它的裝備，所以性能還是很優越。我打亮了車燈，機車的主前燈已經換成了透明白光的燈泡，照耀距離增長很多；煞車燈則加裝了警示器，一按煞車便會不停閃爍。我催了幾下油門，引擎發出凌厲的運轉聲。

「阿振哪！」外婆推開紗門走了出來，要我將機車熄火。鄉下地方，大家都睡得早，晚上八九點之後，這樣已經會妨礙鄰居休息了。

「附近只有青蛙跟蟾蜍，又沒有住什麼人。」我應答著，拿起車箱裡的螺絲起子，蹲下來調整油門的噴油量。

「你那是什麼態度呀？怎麼跟你爸爸一個樣呢？」外公也走了出來，他有濃厚的外省腔，儘管我們一起生活了這麼久，但有些話他若說得快了點，我還是會聽不大懂。不過這兩句他說的次數多了，我就知道他在罵我。

「不要什麼都扯到我爸那邊去，他沒有得罪你。」我回嘴，繼續一邊調整，一邊催動油門。

「猴崽子你這不是反了嗎你！你說的這是個什麼話！」外公怒罵著，卻沒走過來，按照兒時記憶，他應該會奔過來摑我兩掌的，可是現在不同了，他老邁年高，我卻身強體壯，站直了的話，我還高出外公一個頭。

「阿振！」外婆爲難地叫了我一聲，她總是夾在我跟外公之間。本省籍的外婆，年紀小外公甚多，也比較清楚年輕人的想法。

把螺絲起子扔回車子置物箱裡，我不想再跟外公囉唆下去，也不願見到外婆尷尬的樣子，上了機車，我連安全帽都沒戴，直接飆了出去。

後來我騎回學校附近，打了電話給蜻蜓，他人已經要睡了。

「這麼早睡什麼？要不要出來跑一跑？」我問。

「當然不要，你不累我累，我要睡覺。」蜻蜓懶洋洋地回答。

我說我又跟我外公吵架了，想找地方晃一晃，而蜻蜓居然說：「想晃是吧？我建議你把車騎上中投公路，你可以晃個過癮，不過要是被警察攔下來，可千萬不要說是我建議的。」

萬分無奈，我跟他說了我約寶雯的事情，找蜻蜓出來玩車他會說不要，跟女孩的相約，我就不信他會拒絕。

「好呀，什麼時候？」果然，這種事情他就答應得很乾脆。

「當然不是現在，媽的，過兩天啦！」我沒好氣地說，順便問他，這麼七早八早的，到底是在累什麼，結果他說：「我剛剛講了快兩個小時的電話，幾乎把腦汁都榨光了。」

「兩個小時？跟誰呀？」

「嘿嘿嘿嘿嘿……」

這樣我就懂了，那個電磁波受害者一定是昱卉。我對蜻蜓的說話功力，是從來都不懷疑的，下午面對著面，他都可以說得天花亂墜了，更何況是電話？

「不過我覺得還不大滿意。」蜻蜓說他今天講的話題雖多，可是卻都僅止於泛泛空談，眞正跟他自己有關的則少之又少。

「不然你還想怎麼樣？」

「她還不知道我喜歡吃牛肉，也不知道我最擅長的運動是壘球，當然更不會知道我曾經創下單場比賽四支二壘安打的紀錄。」

我「呸」了一聲：「你才第一天認識她耶，需不需要連你有一件李小龍圖案內褲的事情都順便說一說？」

「這個我會考慮。」

蜻蜓說他自己也不知道爲什麼，看到昱卉之後，就覺得以前認識的那些學姊或其他女生都跟屁一樣，這一回，他是眞的有心動的感覺。

「你確定你是眞心的？」

「我想每隻癩蛤蟆看到天鵝的時候，應該都會是非常眞心的。」他自己都這麼說了。

「說得好。」

不過蜻蜓說他現在正在想辦法，要試著讓自己跟昱卉有更進一步的接觸，更進一步打動她的心。因爲昱卉告訴蜻蜓，她說自己是個很隨遇而安的人，連她的座右銘也都是「不過就是這麼一回事」的一句怪話。

蜻蜓說：「我跟她打了個賭，我說我能讓她的生活從此多采多姿，她則說，不必什麼大悲大喜，如果我有本事讓她尖叫個幾聲，她就算輸我一場電影。」

我問蜻蜓可有妙計，蜻蜓卻只賊笑個不停。

「你該不會想去掀她裙子吧？」我有點擔憂。

「我是誰？我是蜻蜓你知道嗎？」

「我知道呀，你是很需要去心輔室的蜻蜓嘛。」

「那就對了，嘿嘿嘿嘿……」

掛掉電話，最後，我一個人興味索然地在7-11外頭喝完一瓶啤酒之後便回家了，三合院的燈都是暗的，外公他們早已睡了。我把車停好，一個人坐在曬穀場上看著夜空，不曉得哪裡來的雲，遮住了星月，什麼也看不見，我努力地想找顆星星來看看也好，卻發現星星跟電子學考試時，隔壁同學的考卷答案一樣，非常難找。

星星看不清楚、別人的試卷答案看不清楚，連愛情長什麼樣子也看不清楚。

這是十七歲少年特有的疾病嗎？

後來他們去看電影的時候，我的心裡其實是百感交集的。寶雯笑著說要把這件事情寫進她的不良少年訪問稿，我則覺得這個內容比較適合笑話集。

要怎麼去衝擊一個太過「隨遇而安」的女孩的心情？我翻來覆去一晚上，唯一想得到的辦法，就只有掀她裙子而已。不過電機跟建圖這兩科之間的關係已經夠緊張了，要是蜻蜓真的幹出這種事情，那極有可能會讓累積已達數屆的恩怨一次爆發。

那是一個艷陽高照的好天氣，不過我的心情卻陰晴不定，睡眠不足的我，一大早就被蜻蜓拉到建圖科教室旁的草坪來。

「你想在這裡單挑全建圖科的男生，打給昱卉看嗎？」

「智慧，兄弟，你了解嗎？」他指指自己的腦袋，神祕地對我說。然後要我過去窗口邊叫昱卉，就說有禮物要拿，請她過來窗邊等一下，然後自己則往一邊的樹叢裡走了過去。

建圖科是本校女生最多的科。昱卉的座位在哪裡我不清楚，不過她現在人就坐在靠窗邊的椅子上，一群女孩似乎正在討論著什麼，吱吱喳喳說個不停，走近窗邊的時候，我也看見了寶雯。

「嗨。」我努力做出陽光少年的開朗表情，尷尬人處在尷尬地方，我可不希望被誤會是來尋仇挑釁的。

「早。」一群女孩納悶地紛紛轉過頭來，昱卉跟寶雯同時和我打招呼。

被一群女孩盯著看，我有點不知所措。

「怎麼了嗎？」寶雯問我。

「事情是這樣的，蜻蜓說他有禮物要送給昱卉，所以要我先過來說一聲，請昱卉等他一下。」一聽到我這麼說，女孩們紛紛笑了出來，大家圍著昱卉，問她關於蜻蜓的事情。我看見皮膚粉白的昱卉，這時已經面紅過耳，而且百口莫辯。

騷動中，只有寶雯還保持著冷靜，她憑窗而立，疑惑地問我怎麼回事。我說我也不知道，正待分說之時，蜻蜓雙手負在腰後，神態瀟灑地走過來。那霎時，陽光和煦地灑下，一陣微風吹過，我彷彿錯以爲三國周郎朝我走了過來，他的羽扇綸巾、丰姿颯爽，飄飄然簡直有神仙之慨。

女孩們見到瀟灑的蜻蜓，立刻爆出一陣低聲的驚呼，當然我也與有榮焉，因爲他的帥，至少有一半是靠我的貌不驚人所襯托出來的。

「你……」這時昱卉臉上的笑容，不再是客套而禮貌的笑，我看得出她是眞的心中有所悸動。

「也許在妳心中，我們不過是壞學生的典範，但我要告訴妳，無論我們其他方面如何不堪，至少我的心，還是純淨的。」蜻蜓一說完，窗子那邊的女孩立即歡呼鼓掌，大家一致喝采，可是不知怎地，我忽然在這大熱天裡感到一陣寒意。

「我知道妳現在什麼都說不出來，妳也可以什麼都不說，只要妳現在願意接受我的眞心就好。」蜻蜓微低一下頭，露出一個風采萬分的微笑，他說：「請妳接受我的禮物吧！」

女孩們這時候無不瞪大眼睛，殷切期盼著想知道蜻蜓從背後要拿出什麼來，寶雯似乎也察覺有異，轉頭看看我，而我此刻不只是一陣寒意而已了，太熟悉蜻蜓個性的我，知道他一定會有驚人之舉。但可惜的是我來不及掩護寶雯或昱卉，就在那麼眨眼瞬間，蜻蜓忽然大叫一聲，從背後甩出一個東西來。

就在這晴朗的好天氣裡，有個不知名的東西飛閃奇快，「趴」地就落在一群女孩圍立的桌子上，我定睛一看，那哪裡是什麼禮物，赫然就是一隻尾巴至少有三十公分長，迷彩斑斕的大蜥蜴！

「啊！」

「救命啊！」

「天哪……」

「我說過，這跟智慧有關。」看著建圖科教室裡，一大群女生們雞飛狗跳的壯觀逃命場面，蜻蜓依舊談笑風聲，目瞪口呆的我，又似乎看到了他雄姿英發的模樣。

「可是我已經看不見昱卉跟寶雯逃到哪裡去了。」我像個負責搭腔的相聲演員，還做出遠目張望的動作。

「那無所謂，讓她們現在儘管逃吧！」蜻蜓笑著說：「重點是她欠下一場跟我的電影之約，這樣就夠了。」

我經常艷羨於蜻蜓的機智與敏銳，我想全世界大概只有他能想得出這種辦法，儘管生氣，可是昱卉倒是相當心甘情願，畢竟願賭服輸。

這個世界很現實，智慧的高低經常可以左右競爭的勝敗，我想我是輸定了的。看完電影之後，蜻蜓早逗得昱卉忘了蜥蜴攻擊事件，兩個人有說有笑，甚至蜻蜓還經常在有意無意之間，牽上了昱卉的手。

「眞讓我意想不到，我以爲你們不可能做出這麼……這麼調皮淘氣的事情的。」跟在他們後面，寶雯對我說，她覺得這是我們非常生活化的一面，有寫進訪談裡的價值。

「不如妳另外寫本笑話集好了。」嘆口氣，我說。

看完電影，我們一起來找豆豆龍，放學後的他，那雙平常看似老睜不開的眼睛，忽然就有了異樣的光采與生氣。

圍在他旁邊，蜻蜓幫著拆解車子，我則負責給女孩們做解說。拆了外殼之後，豆豆龍把引擎運轉皮帶給換了，再將新的變速箱裝了上去。昱卉一邊聽，一邊拿起數位相機，給豆豆龍拍了一張背影照。

「可是車子不是會跑就好了嗎？爲什麼非得要它跑得很快呢？」寶雯把筆桿放到嘴裡咬著。

「因爲想跑得比風快，好讓落後的風，吹走所有的不開心呀。」蜻蜓很自然地接口。只是，問這問題的人是寶雯，蜻蜓蹲著回答的時候，卻是抬頭看著昱卉的。

逐漸轉爲暗紅紫色的天空，輕微陽光灑在身上的感覺是很舒服的。我載著寶雯，蜻蜓載著昱卉，離開了市中心，我們四個人騎了車在重劃區附近閒晃著。

寶雯的手大多是放在機車後面的扶手上的，我們稍稍落後著蜻蜓跟昱卉那輛車，有一搭沒一搭地聊著。

「這樣騎要騎去哪裡呢？」

看著前面的路口，我說：「大概路往哪裡，人就往哪裡吧，就像那隻蜥蜴一樣呀，蜥蜴在你們教室到處亂跑的時候，牠也不知道自己要去哪裡，對吧？」

「嗯嗯。」我感覺後面的她有些什麼動靜，稍稍回頭看了一下，寶雯拿著筆跟紙原來正在寫著。問她寫那幹嘛，她說：「很少我們這年紀的人會這樣想這樣講的吧，所以就記起來當作採訪囉。」

我笑了，不知道這些話有哪裡值得記錄的，不過因爲擔心她這樣會跌下去，於是我把車停到路邊，等她寫完才又繼續走。

換過變速箱跟皮帶之後，車子跑起來順暢多了，而且排氣管也不再排出熏人欲嘔的黑煙。我們很快地就追上了正在前面晃呀晃的蜻蜓他們。

「對了，學長。」

「拜託不要叫我學長，我會害羞。」我說我沒有什麼可以教人家的，所以不敢被叫作「學長」。

「那意思就是說，比你高年級的人，如果沒東西可以教你，你也不會叫他學長囉？」

「當然呀，才不想被白佔便宜呢。」說著，我們都笑了出來，只是因爲她又要把這些話寫下來，所以我就只好又停到路邊去了。

等她寫好之後，我問她剛剛想說什麼，寶雯說她只是好奇，爲什麼我們把車子改裝了這麼多地方，卻不像別人一樣，會把機車的排氣管拿掉，讓它發出「噗噗噗」的吵雜聲音。

「首先，拿掉的東西不是排氣管，那個叫作消音器。」我說：「妳不覺得在這麼美好的傍晚，帶著一位美女出來兜風，如果耳朵裡盡是那些吵得要死的聲音，會很煞風景嗎？」

「嗯，有道理。」寶雯頓了一下，說：「我是說，美女的那部分。」

「拜託……」我無言。

好吧，妳們都是美女。
寬容絕對是一種美德。

10

從中港交流道下進入重劃區，我們鑽過了一片新興社區。速度加快時，寶雯才會把手放到我的腰間來，不過她只是輕輕扶著，既沒有眞的抱住，而且也是速度一慢就立刻放開。

「妳會唱歌嗎？」

「唱歌？」

「對呀，唱點歌來聽聽吧！」我說。這麼美好的下午，似乎應該有點音樂聲的。

「是這樣吧，我知道你要離開我，卻無法阻止，眼淚掉下來……我再也沒有，堅強的理由……」寶雯的聲音不算高亢，帶點沙啞的嗓音，唱起莫文蔚跟伍佰合唱的這首「堅強的理由」剛剛好。

我想如果有音樂的話，她應該可以唱得更好，手指跟著打拍子，轉了個彎，正好迎著天空的最後一抹嫣紅，清爽的風吹了過來，舒爽得讓人幾乎就要閉上眼睛了。

趕在七點半之前，我們晃回了學校。那邊昱卉跟蜻蜓不曉得在說些什麼，這邊是寶雯拿下了安全帽，跟我說了謝謝。

「其實該說謝謝的是我，因爲我悶了很多天，一直想出來兜兜風呢。」我說前幾天晚上我找蜻蜓，他寧願睡覺也不肯理我。

「悶？」她問。

「嗯，悶。」我點點頭，說：「不過這留著下次再講，反正校刊沒那麼快截稿，我總要留點東西慢慢說，這才有再約妳們的藉口。」

寶雯笑得連肩膀都抖著，說：「說得也有道理，不過哪，下次可別又讓我在車上這樣寫，找個地方好好講，坐在車上寫字可麻煩得很。」帶著微笑，她說：「而且，你們應該都沒有駕照吧，學長？」

「駕照？那是什麼？可以吃嗎？」大笑聲中，我們跟兩個女孩說了再見，目送她們進了校門，這才離開。寶雯家住北屯，不過她還得先到昱卉寢室去，整理一些採訪資料後才能搭公車回去。

當夜幕低垂，我們兩個人騎著車又走上了沿著河的小路，蜻蜓問我，那天晚上約他是怎麼回事，我笑著搖頭，想起那時外公憤怒的表情，嘴上卻只說沒什麼。

很多事情，過了就沒有再提起的必要，反正，這種問題沒有解決之前，都還會一再發生。我跟外公的不對盤已經很久了，老是這樣下去也不是辦法。迎著一夜晚風，我們騎到小路盡頭的路口橋邊，到這裡我跟蜻蜓要各自轉向不同的方向回家，我停了下來想跟他說再見，他也停了下來，卻問我：「欸，你想不想搬出來？」

「搬出來？」

蜻蜓點了一根菸，「嗯，這幾天我跟昱卉聊到了一些問題，關於獨立自主的事情。」

「這幾天？獨立自主？」我很懷疑，他們到底已經講了幾天電話了？難道今天的「蜥蜴攻擊事件」對他們兩個人的感情進展，非但沒有影響，甚至還反而加溫了嗎？而且我覺得很奇怪，爲什麼我跟寶雯就不會聊到這些。

蜻蜓說，這陣子被記過的次數眞的比上學年多了很多，再這樣下去不是辦法，「待在那個家，什麼也不會想做，只會想抽菸，想墮落，或許搬到外面來，可以學著獨立自主，也可以讓自己振作一點吧。」

蜻蜓的家庭背景比我好不到哪裡去，父母一天到晚爭吵，也難怪他在家待不下去，不是躲在房間看閒書，就是老往外跑。

「你呢？你跟你外公的問題，難道不想有個解決辦法？」

我說我當然想，可是我可沒錢搬出來。

「錢不是問題，昱卉說她可以透過生活輔導組，幫我們找到便宜的房子，甚至以後還可以常常來找我們。」

「找我們？我看這才是你眞正的目的吧？」我瞄他。

蜻蜓哈哈一笑，他說：「不管怎麼樣，我不想窩在一個失去溫度的溫室裡，跟著那些老人一起腐爛。你呢？你想變成一棵會自己呼吸的大樹，還是想當一棵腐爛的大樹底下，連一點陽光都看不到的小香菇呢？」

我們要的不是怎麼樣的生活，我們要的原來只是自由。

11

今早出門時，我跟外婆說過了要在外面吃飯，所以晚餐時間他們便沒打電話來。回到房間，我把制服掛好，然後打算躡手躡腳地走到浴室去洗澡。不料我才出房門而已，就遇到外公也從客廳踱了出來。

「捨得回來啦？」他劈頭就是這麼一句。

相距大約還有兩公尺遠，我大聲回答，告訴他我可不是出去玩，是去幫忙做校刊的。

「校刊？校刊干你個什麼事兒？你大字識得幾個？」

不想爭辯的我，從旁邊繞了過去，外公又說了：「小王八蛋兒老是不學好，經常要你外公外婆到學校去出醜露乖，現在還不好好念書，跟人家搞什麼校刊？」

「學校找你去，你可也沒去過，那還是外婆去的，再說也不過那麼幾次而已。你不高興去，也沒人勉強你。」我回頭冷冷地說。

「造反了是不是呀你！」啐了一口，外公舉起手掌來，作勢就要過來打我。

倘若我再小個幾歲，也許我會嚇得哭出來，不過現在的我卻用左掌抓著我手上的衣服，右拳緊握，準備招架。外公看我也瞪視著他，那一掌便沒拍下來，嘴裡不斷大罵著只有他跟外婆聽得懂的山東腔髒話。

「又幹什麼了？」我們的爭執驚動了客廳裡的外婆。

憑恃著外婆對我的放縱，我知道外公不敢當她的面打我。於是我扭頭就往浴室走，經過外婆身邊時，我跟她說：「外婆，我同學幫我找到了房子，我想搬出去住。」

回頭看了一下還在吹鬍子瞪眼的外公，我又說：「反正老有人看我不順眼，我滾出去總好過在這裡惹人嫌。」

我不知道外婆是否聽到了我說的話，因為外公還在嚷嚷個沒完，她可能沒辦法好好聽清楚我在說什麼。

狹小的浴室裡，我舀水沖洗著身體，忽然想起我那不知道人在何方的老爸。有時不免要感嘆，早知道兩個人最後會離婚，當初就不要生小孩算了，像現在，他們兩個人都過著自己想要過的生活，可是卻留下我在這裡對著一盆不怎麼熱的熱水自言自語。我又想，當他們最後終於簽字離婚的時候，不曉得腦海裡會不會出現當年熱戀時的景象？我猜，那一定是非常諷刺的吧？

把水盆裡的水拍得啪啪作響，好遮掩外面外公還在破口大罵的聲音，我甚至在浴室裡唱起了歌來。

結果我這一洗竟然洗了快一個小時，當我繞回房間時，發現客廳已經熄燈，看來外公外婆可能已經睡了。我心想也好，這樣就省了不少麻煩。

繞過穿堂，我走到自己房間，正要拉開紗門時，裡頭忽然傳出尖銳刺耳的手機鈴聲，剛剛洗澡前忘記把電話調成震動，那一聲長鈴便驚天動地地劃破寧靜的夜晚。我趕緊開門進去接電話。

「不好意思，你還沒睡吧？」是寶雯打來的。

「嗯嗯，還沒呢，怎麼了嗎？」我一邊接聽，一邊亮了燈，然後把換下來的衣服丟到籃子裡，準備明天再洗。

「剛剛昱卉打電話給我，問我知不知道你人在哪裡，她說蜻蜓學長好像出了點事情，可是又聯絡不到你。」

「蜻蜓？」我很疑惑，蜻蜓怎麼會聯絡不到我？

「嗯嗯，所以昱卉要我打電話看看，可是我一打你就接了。」

我竊笑著，心想蜻蜓這一著未免也太不漂亮了點，要聯絡我可以找豆豆龍或小趙，他卻偏偏要打給昱卉，還真是司馬昭之心，路人皆知。

「學長，學長？」電話那頭寶雯連問了兩聲，才把我喚回神來。

「嗯嗯，我在聽呢，不要叫學長啦，叫我阿振就好囉。」

「好吧，阿振，我覺得你最好打電話給蜻蜓學長問看看唷，剛剛昱卉的口氣好像很擔心，可能蜻蜓學長有重要事情找你呢。」

我微笑著請她放心，蜻蜓這人不會有事情的。掛上了電話，我悠哉地打開音響，五月天又開始狂放地唱了起來。然後電話再接通，是蜻蜓的聲音。

「媽的，打給你找不到人，打給小趙跟豆豆龍，他們也不知道你在哪裡，害我只好打去給昱卉，男人找你你就裝死，女人找你你就出現了。」他說。

「少在那邊放屁，找我幹嘛？」原來是我誤會他了。

「我爸今天晚上又打我媽了。」

據我所知，蜻蜓的老爸是個人生路不大順遂的中年胖子，除了一份工廠的薪水之外，聽說幹過很多副業，不過每一回的結果都是賠錢。蜻蜓的成績本來夠他上台中一中的，但是他老爸堅持要他走工科，爲的就是以後找工作方便一點。

至於打老婆這件事，那大概跟他的酗酒情形有關。而且這男人醉了還不安分，老喜歡對家人動粗。

「我受不了了，我要出去。」電話那頭，蜻蜓的聲音很沉重。

「你出去了你媽怎麼辦，繼續挨打？」

「媽的，說到她喔，」蜻蜓恨恨地說：「我老頭的手才舉起來，我媽就先閃了啦，現在我要是不逃，等一下挨揍的就是我了。」

情。

我聽了差點沒笑出來，蜻蜓又說剛剛他打給昱卉的時候，已經請昱卉幫忙問房子的事

「這麼急著走？」我很驚訝，雖然還不到半夜三更，但這時離家出走能到哪裡去呢？

蜻蜓接下來說的話我沒來得及聽清楚，因爲我的房門被推開，外公一張難看至極的臉正瞪著我。

「你奶奶的誰准你弄那玩意兒的？」外公指著我的手機。

我的手機是我老爸買給我的，電話費也是他付的，這年頭高中生有手機已經是稀鬆平常的事情，可是不曉得爲什麼，外公老認爲那是不良少年才會帶的東西。所以我一直不敢讓他知道，有我電話號碼的也只有外婆而已。

「這是我爸買給我的。」我說。

「什麼爸爸？你還有什麼爸爸？」外公怒斥著就要踏進我房門。

「砰」的一響，我用腳尖把紗門後面那道木門勾出來一點，然後用力一踹，在外公踏進來之前，木門瞬間重重關上，我緊接著直接鎖了喇叭鎖，外面是外公嚇了一大跳，用力拍著門，還夾雜著外婆追過來勸阻的聲音。

「喂。」我點了根菸，蜻蜓還沒掛電話。

「你那邊是怎樣？革命呀？」

「你先收一下東西，我也收收我的衣服跟書，待會老地方見。」我說。

這世界總有些避不開又不能解決的問題，比如我外公的拳頭。

12

這是我長這麼大以來，第一次離家出走。等到半夜十二點，外公睡熟之後，我便拎著塞了幾件衣服的書包，大大方方地騎車走人。至於蜻蜓，他則比我更瀟灑，書包裡只有隔天上課要用的書而已。

「你這不叫離家出走吧？你這應該叫作提早出門來上課。」我說。

蜻蜓笑著說，既然要搬出來，那當然是到時候一車一車地把家當帶出來，像我這樣背個小背包，未免太過小家子氣，甚至像小學生的戶外教學。

結果我想像中會氣概萬千地「離家出走」就這麼夢碎了，蜻蜓哪裡也沒帶我去，我們跑到網咖，跟工讀生要了靠近逃生門的位置，以免警察來臨檢的時候無路可逃。

「我們這樣半夜溜出來，要是被逮到了，應該又會被記過吧？」一邊宰殺著線上遊戲裡的怪物，我問旁邊在玩BBS的蜻蜓。

「沒辦法，這個叫作『官逼民反』。」他說。

我無奈地嘆口氣，遊戲裡的人物身手俐落，舞刀弄槍的好不威風，可是螢幕前的我，含著奶茶空杯裡的吸管，卻神色萎頓，眼皮重得要命。我又偷眼看看蜻蜓，眞佩服他這時候還能看著畫面上的文字看得津津有味。

「嗯嗯啊哈……長江一線，吳頭楚尾路三千……寒濤東捲，萬事付空煙。精魂顯大招，聲逐海天遠……」忽然，蜻蜓一個人搖頭晃腦地唱了起來，我側頭過去看，螢幕上是這麼一段詩詞。

「這什麼？好耳熟。」

「『桃花扇』裡的『沉江』。」蜻蜓說。

「喔喔喔，我知道了，《鹿鼎記》裡面吳六奇唱過，對吧？」我很得意。

「鹿你媽，有點學問好不好？」蜻蜓說，他那胖子酒鬼老爸什麼都不會，就是愛聽戲唱戲，他唯一遺傳到的大概也只有這個。

「我很想學會他的暴力傾向，結果我只學會了如何製造噪音。」他也嘆氣。

熬到天亮，我打了電話給媽媽，跟她報告了事情始末。意外的是媽媽並沒有很驚訝，她清楚我與外公之間的嫌隙，對於搬離大里的想法，也不加反對，但要我再忍耐幾天，就等她週末回來幫我找房子。

我說不要，連這種事情都還要家人幫忙，我覺得很丟臉，況且已經勢成水火的關係，再多待一天都會要人命，更別說要我留到週末了。

媽媽沉默了一下，我聽到旁邊有人叫她的聲音，是她現在的老公吧，正催促著她出門上班。一種複雜的感覺湧了上來，我不再多說，直接掛了電話。

「你媽不是又另外嫁了個有錢老公？老實說，我要是你我就選擇搬到高雄去了。」

「唱你的『沉江』吧！囉唆。」我拍了他頭一下。說起來我並不討厭媽媽的新老公，這個我只見過幾次面的男人，相當重視家庭生活，之前他很希望我能搬去高雄，我拒絕之後，他則又幫我跟媽媽爭取了不少生活費。

我知道他是個好人，只是我無法對他有好感。媽媽的新老公，不等同於我的新爸爸，我不需要一個外人的支持或支援。

下午約了昱卉，我們才知道透過生活輔導組找房子，會留下很多住宿資料紀錄，昱卉說，這些都是教官做校外生活調查的時候，所依據的指標。

「那我看算了。」蜻蜓說。

蜻蜓一口回絕了昱卉的建議，堅持不要留下任何教官可能追逐而來的線索。只是這樣一來，我們兩個人就麻煩了，昨晚可以睡網咖，那今晚呢？熬了一夜的結果，是今天上課猛打瞌睡，龍哥的粉筆百發百中，我們不但被丟得滿頭包，還做了快兩百下的伏地挺身。

「總之，事情就是這個樣子。」坐在茶店裡吹著冷氣，一整天都昏昏欲睡的我，現在只想趴在桌上狂睡。寶雯坐在我旁邊，逼著我把事情說完，然後問我接下來怎麼辦。

「不知道，假裝什麼也沒有發生過地回家睡覺好了，眞丟臉死了。」我用脫下來的制服上衣把頭給蒙住了。

躲在衣服裡，我聽見蜻蜓在跟昱卉聊著尼采的哲學觀點，他正試圖把自己蹺家的罪行跟哲學家的唯我唯心主義拉得上邊，雖然我跟尼采不大熟，但我想如果尼采地下有知，一定會起來搧他兩巴掌，打爆他的蜻蜓頭。

好不容易蜻蜓終於說到一個段落，起身要上廁所，坐在靠走道的昱卉起來讓他過，看他走進茶店後面的洗手間之後，昱卉問我知不知蜻蜓平常都看些什麼書。

「只要上面有寫字的他都看吧。」我連頭都不想探出來，已經了無希望的我，只想裝死到底。

「眞的嗎？」

「包括電話簿在內呢。」我還加強語氣。

隔著衣服，聽到兩個女孩的讚嘆聲，我眞想起來也搧她們兩巴掌，把這兩個笨女孩打醒。蜻蜓再怎麼愛看書，也不會眞的去閱讀電話簿吧？而且我實在很想跟昱卉說，蜻蜓絕對不是個這樣一開口就引經據典的人，他說的這麼多其實都是廢話，他眞正想講的，其實只有「我愛妳」這三個字而已。

「我覺得他其實是個很有趣的人。」昱卉說。

「嗯，可是他卻又是教官室的風雲人物，這才讓人感到不解。」寶雯附和著。

「對呀，對呀……」

到底現在的年輕女孩們，腦袋裡都在想些什麼呢？難道她們不知道樸實的男人才是好男人嗎？哎呀，眞是受不了，天眞無邪不懂事的昱卉也就算了，怎麼連寶雯都傻呼呼地相信蜻蜓的信口開河呢？愛情眞的不是這樣子的，我很想爬起來對她們說。

我躲在上衣裡面，暗自嘆息著。這兩個女孩還在吱吱喳喳個沒完，她們正在討論蜻蜓的個性，以及蜻蜓吸引人的特質。我聽著聽著，幾乎都快要睡著了的時候，忽然有人一把抓去了蓋在我頭上的衣服。

「出事了，快走。」我抬頭，是蜻蜓皺緊了眉頭的臉。這五個字一出口，昱卉跟寶雯都瞪大了眼睛，直盯著他看。

「小趙在補習班挨揍了。」蜻蜓說他在廁所接到電話，是小趙打來的，說是在補習班爲了停車的問題，被我們同校機械科三年級的學長給打了一頓。

「沒搞錯吧？對女人他們也下得了毒手？」我很驚訝，對我們來說，娘娘腔的小趙就是我們的班花，班花被人打了一頓，這種事情，身爲男人的我們焉能置之不理？我站起了身，一把抓起機車鑰匙，腳在椅子上一蹬，從寶雯的背後躍了出去。

兩個女孩都吃了一驚，立即也站起身來。

「怎麼會這樣？」昱卉皺眉。

「喂！」寶雯喊了我一聲，向來溫和的她，第一次露出了認眞的模樣。我想跟著走出去時，她拉住了我的手：「不可以去打架。」

我從來不曾如此近距離地注視著女孩的眼神，也從來不知道女孩的眼神竟有如此澄澈，我被寶雯拉著手，瞥眼見蜻蜓也正盯著昱卉，但讓我驚訝的是，昱卉臉上竟沒有任何表情，她也只是怔怔地看著蜻蜓。

我想，當兩個人的心意已經到了某種程度的相通時，語言或表情就眞的可以省略了，所以我跟寶雯還需要表情跟拉手的動作，而他們則什麼都不需要。蜻蜓看著昱卉，他咬了一下牙根，一句話也沒說，然後轉身就走，而我看見昱卉的眼神裡，開始流露出難過。

「我看我外公一向都很不順眼，不過我很欣賞他說的兩句話。」把頭轉回來看著寶雯，我說：「我們不欺負別人，可是也絕不能叫人把我們給瞧扁了。」

走出店門，蜻蜓已經發動了他的機車，而我滿腦子盡是昱卉委屈的模樣。我可以選擇嗎？小趙與昱卉之間，沒有選擇的我，選擇了我不想要的那一邊，發動了我的車。

沒有選擇也是一種選擇，這種選擇通常都是無奈，顏色都是灰色。

13

我們騎車到火車站附近的補習班，耗時不會超過五分鐘。不過當我們趕到時，衝突已經結束了。小趙坐在路邊，嘴角被打破皮，流了一點血，機車停在巷口，側面有受損的痕跡，可能剛才有被撞倒過。

「怎麼回事？其他人呢？」我問小趙。

「其他人？」他抬起頭來看我，臉上淚痕兀自未乾。我問他那些機械科的人到哪裡去了，小趙竟然很理所當然地回答我：「走了呀，他們打完我之後，說要去吃飯，然後就走了。」

蜻蜓環顧四周，問他有沒有記清楚名字。我們學校的男生，制服上面會繡上姓名，學校以紅、藍、黑三色線標年級，因爲有這樣的顏色之別，所以小趙知道對方是三年級的，但除此之外，他連對方的長相、姓名、學號都沒記住，只瞥見對方的制服上繡了個代表機械科的

「機」字。

「媽的居然被白打一頓了。」蜻蜓握著拳，恨恨難平。

現在換我們都很想打小趙一頓，哪裡有人挨揍了卻連對方長相姓名都沒記清楚的？但還是小趙最鎮定，他居然問：「你們爲什麼要很生氣的樣子？」

有時候我們很難把男孩子之間的義氣情結，對女孩說清楚，比如寶雯跟昱卉，她們也許就不大能明白，而小趙也一樣，儘管他只有氣質跟儀態像女的。

我嘗試著把我們要捍衛尊嚴的立場說明給他聽，也承諾我們一定會幫他討回來，但小趙卻笑了，他說：「你們兩個是不是弄錯了？我不是叫你們來幫忙打架的。」

看著我們一臉疑惑的樣子，小趙說：「我是被打完之後，想回家擦藥卻發現機車發不動了，所以找你們來幫我修車的，順便也想跟你們說一下，我找到願意跟我們聯誼的女校了。」

「修車？」我喊著。

「聯誼？」蜻蜓也喊著。

那是一個烏龍到不行的午後，我振作著幾乎要失去支撐力的眼皮回到三合院，趁著外公還在對著菩薩磕頭時躲進房間，狠狠睡了一覺。

今天下午我們幫小趙把車牽到車行給豆豆龍，檢查後聽說修起來所費不貲，至於那個什麼聯誼，小趙說，對方是一群家商的女生，希望可以辦點別出心裁的活動，最好還可以刺激一點。

躺在床上，朦朧間，媽媽打了電話來，又確定了一次我是否眞想搬家。我說這是肯定的，下午我也跟蜻蜓說好了，找個週末我們就搬。

「媽媽不是反對，但問題是，你這年紀的孩子眞的能夠照顧自己嗎？」

「媽，在三百年前的清朝，我這年紀的男生已經是兩個孩子的爸了喔。」我說。

後來我媽又說了很多關於外宿生變壞，甚至被綁架的事情，我都笑著，最後只說：「媽，我的成績跟操性，都是爛在這間三合院裡面，與其在一個失去溫度的溫室裡當一朵腐爛的花，妳就放開心一點，讓我出去當一株吹著風、曬著太陽卻能長大的小草吧。」

這些話的靈感來自於蜻蜓，而掛上電話的時候，我忽然明白了他的道理。

也許我只是株小草，但至少我吹得到自由的風。

14

根據蜻蜓和昱卉一起去打探來的消息，在學校後方的巷子裡，有不少專爲出租給學生而建造的套房，不過遺憾的是，現在並非族群大遷移的學期末，所以都沒有空房間。而即便有，我們這兩個窮光蛋也租不起。

後來蜻蜓拉著我，到中興大學附近的巷弄裡來，他說費盡千辛萬苦，這才好不容易問到這裡，房東太太本來只肯租給興大的學生，蜻蜓好說歹說，這才說服得她肯把房子租給我們。

「我這個人哪，最是愛整齊不過的了。」房東太太個子很高，她把頭髮梳成左右各兩大片披著臉頰的樣子，那模樣讓我想到一種有兩隻大耳朵、叫作米格魯的狗。

「本來呢，我對高工的學生印象是很差的，總是髒呀亂呀的，又愛呼朋引伴，一天到晚打麻將……」我不知道我是來看房子，還是來挨罵的，米格魯太太沒有說明出租的細節，卻對著我們數落了高工生的百條大罪狀。

那房間大小與採光都還算適中，房租是每學期一萬九，不過因爲現在已經是學期中，所以還可以算便宜一點。看完房子，等米格魯太太嘮叨完之後，我跟蜻蜓各自掏出都一樣皺爛的兩張千元鈔，就當作是押金。約好了週末就搬，屆時付清房租，當天再打房租契約。

蹺掉了四堂實習課，總算有了一點收穫，我們兩個走在陽光耀眼的忠明南路上，蜻蜓笑著說昱卉眞是「帶賽」，跟她出來都找不到好房子，結果他自己到處晃，就晃到了不錯的地方。

「明天下午回家打包，後天星期六就可以搬了。」蜻蜓說他的東西不多，大概只有書跟衣服而已，最多加上棉被枕頭，不用一天就可以搬完。

我點點頭，心想我的應該也差不多，而且現在我只求盡快離開家，多餘的輜重大可日後再回去拿。

蹲在便利商店前，蜻蜓點了兩根菸，遞了其中一根給我。

「你有聽人家說過嗎？香菸哪，就像一個人的人生。」他也看著我手上的香菸，說：「我們生下來就開始不自主地燃燒，燒到盡頭就得死亡。」

「然後呢？」有時候我覺得我眞是一個搭腔的好夥伴。

「我們都在追求絢爛的光榮，就像香菸被吸了一口之後會燃燒一樣，你每吸一口，它就這麼亮一次。可是亮完之後呢？那些輝煌之後呢？」他彈落一截菸灰，說：「就這樣，沒有了，化成記憶，不復存在。」

「如果每次燦爛之後都只剩下灰燼，那我們幹嘛還要努力？」我問。

蜻蜓笑著說，正因爲燦爛之後什麼都不剩，所以只好繼續追逐下一次的光芒，而說著，他就又吸了一口菸。

「人生的最後，有兩種結束方式。」菸抽得差不多的時候，他把自己手上的香菸扔到地上，一腳踩熄，說：「這是第一種，沒有任何價値地死了，你看它連屁也不放一個，沒有人會對路邊的菸蒂多看一眼。」

「那另一種呢？」我問。

結果蜻蜓把我手上那半根菸拿過去，往便利商店旁邊的牆壁上用力彈出，霎時迸出了一團繽紛的火花。

「就像這樣，用盡所有殘存的生命力，散發出最後一點光芒。」看著火花散盡，他說：「然後你將不虛此生。」

我聽得有點茫然，不曉得應該怎樣回話才好，想了一想，我只問他這番道理是哪裡看來的，他說忘了，反正是從網路上看到的，隨口拿出來講講而已。

「那我覺得你應該把這些話拿去跟昱卉說，她一定會更崇拜你。」我說。

而一提到昱卉，蜻蜓的興致就來了，他說這幾天他們在電話中，經常談起高工的生活，談彼此的家庭，還聊到未來的打算。

「你跟她聊未來幹嘛？她才高一耶。」

「聊的是我的未來啦！」

我說我們哪裡有什麼未來好談的，能不能畢業都還是個大問題，未來未免太遠了一點。

「要畢業很簡單，但問題是在畢業之後會有什麼前途？」他很聰明，先不說自己的打算，卻問我想幹什麼。

「電機科畢業能幹嘛？考二專，又混一個文憑，然後去工廠當個鎖馬達螺絲的工人吧。」我有點無奈。

他哈哈笑著，既不予置評，也不說明自己的想法，逕自走進便利商店買了兩罐烏龍茶。給了我一罐之後，又繼續聊起關於昱卉的事情。

原來昱卉家住雲林，父母都務農，家裡對她期望很大，讓她念製圖科，就是希望女兒畢業之後，能有一技之長，從此坐在冷氣房裡畫圖就好，不必再受風吹日曬之苦。

我說那她父母現在要擔心了，千辛萬苦把女兒送到台中來念書，沒想到現在要栽在一個不良少年手上。

「少說別人，寶雯也一樣可憐呀，還不是跟了一個連自己未來都搞不清楚方向的人，要去受苦受難呢？」他笑著。

寶雯？我不懂爲什麼這會跟寶雯扯上關係。

「可不是嗎？我們四個人，我去追昱卉，你當然負責寶雯呀。」

「不要開玩笑了，我才不要。」我說我對寶雯的感覺就是沒有感覺。

「感覺是要培養的！」他拍我肩膀。

「屁。」我說。

假裝自己正在品嚐其實不怎麼好喝的烏龍茶，我想掩飾心裡的複雜滋味。對我來說，愛情的觸發並不需要培養，如果會有愛情，那麼第一眼我就會心動，就像我對昱卉一樣。要培養的是對彼此的了解而已。可是如果我對一個女孩沒有心動的感覺，那培養出來的也不過是友情罷了，就像我對寶雯。

這是我從來沒跟蜻蜓解釋過的話，我想也不需要解釋，因爲我知道愛情不能讓渡，蜻蜓正在努力追求昱卉，我把話說出來了，蜻蜓也不會停止他的追求，而把昱卉讓給我，更何況，愛情本來就是不能讓的。

「所以你都沒想過你以後想做什麼、想要什麼呀？」蜻蜓忽然問我。

我要的是什麼？蜻蜓的香菸理論讓我迷惘了。我當然不會只想當一個鎖螺絲的工人，但是如果不去工廠上班，那我能做什麼？抬頭，下午的陽光忽然黯淡了點，所有的好心情忽然間全被我的迷惘給取代了。

我們後來索性坐在地上，就等著學校放學，這裡離學校並不遠，隱約中還可以聽到傳來的鐘聲響。蜻蜓背靠著牆，忽然說：「我想去考大學，去念哲學或文學。」

「大學？」我很訝異，按理說工科畢業的學生，要念也是念科技大學，蜻蜓居然說他要念哲學、文學。

「嗯。」他說：「阿振，或許你也要想一想，即使今天你到了工廠，成爲鎖螺絲最快的高手，但你也終究只是一個鎖螺絲的工人而已。這是你想要的嗎？」

他看著騎樓遠方的天空，那一片晴天歷歷，說：「我可不想死了都不知道自己有沒有活過。」

那天傍晚，我們四個人窩在自助餐店吹冷氣，已經山窮水盡的我跟蜻蜓，吃不起太好的菜色，不過免費的紅茶卻喝了不少。

昱卉相當不高興，她說高工生就這麼愛蹺課，要是以後上了專科還得了。

「那是因爲我對實習課沒興趣，而且這種課程對我的人生也沒有太大幫助。」蜻蜓笑著對昱卉說：「就像感情一樣，我不想浪費自己的感情，在不是我最愛的人身上；可是一旦讓我找到我的最愛，我就會很認眞去對待。」

昱卉的嗔意就這麼沒了，取而代之的是燦爛的笑靨，跟小趙挨揍那天一樣，我看到的是唯有相愛的兩個人，才有可能做到這樣，不需隻字片語，也能心領神會的默契。

那場面我簡直不敢再看下去，低下頭我差點把塑膠杯給咬爛了。寶雯問我是不是牙痛，我苦笑著說：「是哪，而且都痛到心裡去了。」

自助餐店的空氣呈現一種凝重與浮動相混合的狀態，甜膩膩的紅茶喝起來是陣陣酸澀，而我還得一邊喝，一邊笑。

不是最愛的不要去愛，這是原則問題。
可是遇到最愛了卻不能愛，這就無關乎原則了，這是悲劇，是悲劇！

X 15

整理著為數不多的細軟時，我接到小趙打來的電話，他說家商的女學生們希望可以到遠一點的地方去辦聯誼，最好是可以上山下海，另外，她們公關組的女同學也希望可以先見個面，討論一下活動細節。我嘴裡應和著，其實心不在焉，這當下誰有心情管他聯誼去哪裡，我只想快點離開這紅磚建構成的牢籠而已。

晚間趁著外公上佛堂時，外婆偷偷塞給我五千元，媽媽跟她說了我要搬出去的事情。我很詫異於外婆竟沒有反對，她反而要我別跟外公聲張，如果想搬就搬，記得照顧自己就好。

夜深無人時，坐在打包好的紙箱上，手裡拿著五千元現鈔，心裡百感交集。我不曉得外婆確切的年紀，也不知道她臉上那些皺紋是何時出現的，彷彿打從我有記憶以來，外婆就是個子矮小、皮膚黝黑、臉上充滿了深刻縱橫的皺紋。

外婆平常在家做些什麼？不再需要朝夕農忙之後，外公有了堅強的宗教信仰，而外婆呢？她喜歡看什麼樣的電視節目？散步都走到哪裡才折返？直到我即將離開家的此刻，這才猛然發現，原來我從沒有好好關心過外婆，而諷刺的是，在我要逃出去的前一晚，我還在蒙受這個眼角帶淚的老婦人的庇蔭。

從房間的窗戶往外看，客廳早已無人。我在窗前佇立良久，心裡忽然升起了一種眷戀的感覺，而我知道，那感覺是因爲外婆。

這一夜無夢，起初我以爲懷抱著那樣悵然心情睡去的我，應該多少會做幾個夢的，可是沒有，黑夜就那麼把我吞噬，讓我醒來時更加沮喪。

相對於我的好眠，蜻蜓就不一樣了，第二天，我們各自載著家當，來到米格魯太太家時，他臉色相當蒼白，看來精神糟糕得很。

「一大早搬家的時候就被我爸發現了。」蜻蜓說。

「他不讓你搬，所以打你呀？」我看著蜻蜓腫起來的臉頰，跟有點破皮的眼角，忽然慶幸著還好我外公已經很老，老得打不贏我了。

「一開始是不讓我搬，吵起來之後他卻叫我滾。」蜻蜓說他老爸把他那幾箱東西全給扔出了家門，臨別前，還多送他兩拳。

我問他是否有必要回家再解釋清楚，蜻蜓搖搖頭，說來不及了，「因爲他打我兩拳之後，我也還了兩拳。」說著，他解開了綁在機車後座的繩子，把一箱書給搬了下來。

目瞪口呆的我，心想雖然我跟外公不對盤，或者跟我老爸也經常起口角，可再怎麼樣都不曾有過這種互毆的情事發生。蜻蜓的個性我很了解，他是那種可以爲了一個理想或一種堅持，做出極大犧牲的人，但我沒想到，這犧牲的程度，還包含跟他老頭PK。

他是淒然一笑，我也只能無奈地搖頭。

看看時間還早，米格魯太太似乎也還沒起床，我們決定把家當先擱置在緊閉的鐵門外，再回家繼續搬東西。因爲我家住得比蜻蜓近，所以第二趟我又比他早到，鐵門一樣沒開，半個進出的人影都沒有。而爲了給米格魯太太一個好印象，我在樓下連菸也不敢點。又過片刻，蜻蜓也到了，這次他除了眼角破皮之外，連嘴角都腫了。

「我很擔心等一下你搬完第三趟的時候，可能連鼻梁都斷了。」我說。

我說得很認眞，但蜻蜓卻是一個笑容還給我，「要打垮我可沒這麼容易，」他舉起右臂，擠出上臂的三角肌，說：「我可是無敵的！」

不過後來我的擔心是多餘的，因爲搬第三趟時，蜻蜓的老爸已經出去上工了，所以沒再發生第三波遭遇戰，他很順利地把棉被給搬了過來，我們在騎樓邊將行李略作整理，可是眼看著時間已經將近早上十點半了，米格魯太太卻還沒開門。

「你確定約的時間是今天？」蜻蜓問我。我說時間沒錯，那天給了她四千元之後，確實是約了今天早上搬家兼打契約的。

帶著疑惑，我們就這麼畢恭畢敬地佇立在門外，行李不敢拆，等累了也不敢點根菸來抽。又等了大約半小時，鐵門終於開了，米格魯太太這才睡眼惺忪地走出來。

「妳好。」我演得太像好孩子，差點沒鞠個九十度的躬，蜻蜓也禮貌地點了個頭。

「呃？」她的雙眼突然睜大，像是看到了什麼意外的情景一樣。

「妳好，我姓周，我們前天說好了今天要搬來。」我嘗試喚回她的記憶。

結果米格魯太太做出一個恍然大悟的表情，她「喔」了一長聲，然後露出非常爲難的表情，說：「你們……你們……你們這兩天都沒打電話來，我以爲你們不租了，正好昨天有人來看房子，人家又願意馬上付清所有的房租，所以我就馬上成交了耶……」

我聽得眼珠子差點沒掉出來，米格魯太太則看起來就是沒睡醒的樣子。我在想，蜻蜓今天跟他老爸嘔出來的一口怨氣，可能有機會在米格魯太太身上找到發洩的出口了。

誰都可以讓我們晴天霹靂，惟獨請妳別這樣，偉大的米格魯太太。

16

我們當下做了最嚴重的抗議，對米格魯太太來說，她解決的是一個空房間的問題，對我跟蜻蜓而言，卻是逼得我們無路可去的重大打擊。也許是惱羞成怒了，米格魯太太的態度很強硬，完全不把我們的不滿當一回事，她只下了一個結論：「沒辦法，人家願意馬上付錢，誰知道你們這些高工生會不會說了要租又不算話，人家要馬上付全額，我當然是先租給他呀。」

無視於我們的憤慨，米格魯太太給個極爲不屑的表情，扭頭就走了進去，她把我們的四千元押金拿出來，直接塞在我手上，還撂下了一句話：「看什麼看！你們這些高工生就是這樣，動不動就愛吵架愛打架，哼，不租給你們也好，省得看了我每天都煩！」

到底米格魯太太跟高工學生的深仇大恨是怎麼結下的，這個我無從得知，然而我可以確定的是，她不但瞧不起我們水藍色的制服，而且還存在著相當的敵意。

看著她走了回去，還用力把鐵門給拉下來，發出好大的聲響，我跟蜻蜓兩個人傻在門口，頓時間不曉得該如何是好。

「怎麼辦？」蜻蜓問我。

「殺了她好了。」我這樣回答。

對這位背信的米格魯太太，最後我們終究沒有親手取其性命，在緊閉的鐵門外，我跟蜻蜓把各自的行李搬上車，又分了兩三趟，都載到學校附近的小公園來。

我們並沒有破口大罵或因此而詛咒米格魯太太遭到什麼天災人禍，與其浪費時間做這些於事無補的動作，我想我跟蜻蜓都寧願更集中精神，好快點想出對策來。

蜻蜓打了一通電話給昱卉。大約一個小時後，寶雯跟昱卉一起過來，沒有駕照的她們，還是搭公車來的。

「我應該把這個當成笑話，還是當成悲劇比較好？」寶雯問我。

昱卉安慰著蜻蜓，然後拿了兩張外宿資料卡給我們，順便給了些在學校有紀錄，較為可靠的租屋資料。我無奈地寫著資料卡，臉上滿是愁容，但蜻蜓的臉上卻似乎帶著笑意。

「怎麼你好像很開心的樣子？」昱卉問他。

「這世界哪，什麼事情都可以拿出來笑的呀，差別呢，只是笑的樣子不大一樣而已。」他轉過頭來，對著我們三個擠眉弄眼，做出一個比哭還要難看的表情。

寶雯也安慰我們，說至少那四千元拿得回來，就算不錯的了，這件事情可以當作是教訓，以後租房子記得付押金的時候就立刻簽約。聽她溫柔地說著話，我才稍解憂悶。

我坐在涼亭邊寫著資料卡，寶雯則背靠著柱子陪我；那邊是已經恢復樂觀的蜻蜓，正在跟昱卉聊天。寶雯問我接下來的打算。

我說我也不知道，按照我跟蜻蜓後來商量的結果，我們會留一個人下來看守行李，另外一個則去看房子，一有合適的地方就立刻搬。

「那萬一今天沒找到呢？難道你們打算在公園過夜？」

「不然呢？」我一臉懊惱。

寶雯笑了，伸手扶了一下眼鏡，從側面看，她的鼻子很挺，原本那幾顆痘痘痊癒之後，再仔細一瞧，倒有種文靜的感覺。這是個很迷人的角度，我停下筆，稍微看了一下。不過那看的時間很短，因為順著我的視線越過寶雯，再過去蜻蜓跟昱卉有說有笑，一來我不想折磨自己的心情，二來寶雯再好看，她都不是我的那一瓢飲。

寫完資料卡之後，蜻蜓拉著昱卉一起去買飲料，寶雯忽然湊到我旁邊來。

「你覺得蜻蜓對昱卉是認真的嗎？」她忽然問我。

「這個嘛……」我該怎麼回答呢？想了想，高一入學的新生訓練第一天，我就認識蜻蜓了，印象中，這個人好像從沒有對什麼認眞過，課業永遠都只求過得去，運動也是爲了興趣，這麼久以來，雖然他有不少女性朋友，可是我卻沒看他交過任何一個女朋友，到底他對昱卉是否認眞，我也說不上來。

「妳看過村上春樹的書嗎？他常常會描寫一種人物，那個人物對什麼都很拿手，幾乎沒有做不到的事情，而且懂的、了解的事情或道理也比一般人多。」我跟寶雯說：「我覺得蜻蜓就是這種人，而且，通常我們都不知道他到底在想什麼。」

看著涼亭外的花草，寶雯像是在想像著這種人物該有的模樣，過了半晌，她說：「這種人一定很受歡迎喔。」

「嗯，會討厭他的，大概只有教官跟老師吧。」我說蜻蜓雖然博學，可是什麼都不專精也不專心，而偏偏脾氣又大得很，要是讓他火了起來，他會不惜得罪全世界，也要堅持自己的立場。

「這樣的人會怎麼看待愛情呢？」

搔搔頭，我不知怎麼回答。蜻蜓一直是我模仿學習的對象，我想學他的豁達，學他的率性，可是從來沒有過花邊新聞的他，則讓我沒有機會學習他的愛情觀。

「換個簡單一點的問法，你覺得他跟昱卉速配嗎？」寶雯又問我。

「昱卉？」這個問題又難倒我了，說速配的話，有哪個男生會認爲自己喜歡的女生跟別人速配？說不速配的話，又好像我在詛咒我死黨的戀情似的，於是我只好說：「因爲我對昱卉的了解不多，所以我不敢肯定。」

「昱卉呀，昱卉是個很實事求是的人，她對許多事情的態度都抱持著平常心，很少爲了什麼而生氣或激動的，你還記得蜻蜓之前搞出來的蜥蜴事件吧？我看大概只有那隻蜥蜴可以讓昱卉花容失色了。」

我「噗」地一笑，說我當然記得。

「而且，昱卉對很多小事情都要求到巨細靡遺，非常認眞。」寶雯說，之前她們要做校刊的封面，負責攝影的昱卉，可以爲了一張校門口的照片，拍掉一捲底片，求的只是完美。「她也會要求我們做到這樣的程度，有時候我寫的東西都還要給她看過，她才會放心呢。」

「那我看不妙了，她鐵定早晚要受不了蜻蜓的。」我搖搖頭。凡事都要求仔細的人，跟一個一切都只求應付得過去的人，這要怎麼相處呀？昱卉什麼都要交代清楚，可是就我所認識的蜻蜓，他最不擅長的東西，就是給別人交代。

一聽我這樣說，她臉上露出了擔憂的神色。據寶雯所知，蜻蜓跟昱卉最近聯絡非常頻繁，昱卉經常開口閉口就提到蜻蜓，而且說到他時，也總是洋溢著幸福。

「應該不會那麼快就出現你說的問題吧？」

「我也希望不會。」我苦笑。

很奇怪的，我記得便利商店離這裡不算太遠，可是我跟寶雯說了這麼久的話，蜻蜓他們卻還沒回來。走出涼亭，我打了一通電話給他，問他們現在下落何方。

「傻瓜，我是在給你製造機會呢，讓你跟寶雯多點時間了解對方呀。」

「免了，現在我比較在意的，是我們晚上到底要睡哪裡的問題。」

「兄弟，天地之大，何處不可以爲家呢？我問你，寶雯喜歡吃什麼？她喜歡看什麼電影？聽什麼樣的歌？這些你知道了嗎？去吧，這才是我給你們留時間的意義哪！」

「留個屁。」我掛了他電話，又走回涼亭。

看著正蹲在一株只剩綠葉的聖誕紅前面，賞玩著葉子的寶雯，我問我自己，究竟應不應該把心思轉移到她身上？跟昱卉相比，其實我和寶雯比較有話聊，而這當然也是因爲蜻蜓，所以我得避嫌的關係。可是我需要因爲這樣就去喜歡寶雯嗎？喜歡一個人，應該是要有些理由或原因的吧？於是我也跟著她蹲下來，想了解幾片綠葉如何能夠引得她沉思。

「他們一定躲在什麼地方說悄悄話了吧？」寶雯說。

「嗯。」我點頭。

「我問你一個問題，我想聽聽你的意見，想知道如果是你，你會怎麼做。」

「什麼問題？」

寶雯抿了一下嘴，又沉吟了一下，像是在思考著這問題要怎麼問，然後她說了：「如果你跟你的好朋友，同時喜歡上一個人，你會怎麼做？」沒看到我錯愕心虛的表情，也沒等我回答，她又說：「如果那個女孩，已經變成了你好朋友的女朋友，那你會怎麼樣？繼續爭取還是放棄？友情跟愛情，這該怎麼選？」

怎麼選？我該怎麼選？爲什麼寶雯會知道我的想法？那瞬間，我有種天旋地轉的感覺，差點沒有一屁股坐下去。而寶雯這時輕輕摘下了一片聖誕紅的葉子，又說了：「昱卉經常問我，有沒有打算跟你在一起，她希望我們四個人可以變成兩對情侶，可是我總是一笑帶過。因爲我想打一場沒把握的仗，可是我又不想傷害我最要好的朋友，而我們同時喜歡的，卻是一隻翱翔在花草樹叢間，似乎什麼都可以無動於心的蜻蜓……」

這次我蹲不住，眞的一屁股坐下去了。

> 愈是老套的故事就愈容易發生在真實世界中。
> 我開始相信這個道理了。

17

我聽錯了嗎？我眞的很希望是我聽錯了，一屁股坐在地上，我摸摸自己的下巴，還好它還在。

我應該坦白告訴寶雯我的感覺嗎？然後她去跟昱卉競爭，我去跟蜻蜓廝殺？這是什麼世界呀？

「佔有跟祝福不能同時存在，所以我陷入了一種很複雜的矛盾之中，我知道我應該怎麼做，可是我實在很難做得到。」就在我胡思亂想的時候，寶雯這樣問我：「這種微妙的心理狀態，你們男生會不會很難理解？」

我笑著搖頭。我當然可以理解寶雯的心情，甚至我會做的決定也跟她一樣。但是我依然選擇不答，我想我沒必要把問題弄得更複雜。而就在這時候，寶雯的手機響起，她家人打來提醒她記得回家吃晚飯。

「不好意思，我可能要先回家了。」

「嗯。」除了笑，眞的沒有適合我的表情。

「這件事情……」

「我知道，我不會跟任何人說。」我苦笑著。

一個人坐回了涼亭的石椅上，現在我連天空的顏色都看不見了。眼裡只剩下穿著黑色上衣跟水藍色牛仔褲的寶雯，她的背影剛好轉出我的視線之外，被一排老榕樹所遮蔽，至此，我終於眼裡什麼也不剩下了。只是腦海中，她帶點羞怯而又無奈的笑容還揮之不去。

有個古老的成語，叫作「失之東隅，收之桑榆」，它本來的意思是說，在這裡失去了些什麼，卻沒想到在別的地方有了意外收穫。按照蜻蜓的如意算盤，我雖然沒有追求昱卉的機會，不過至少我可以跟寶雯在一起。然而現在什麼也沒了，我終於要徹徹底底變成一個電燈泡了，而且我還不是第三者，我是第四者才對。

無奈地捏扁了空的香菸盒，我連去買菸的心情都沒有，因爲我不想看見蜻蜓跟昱卉兩個人如膠似漆的畫面。視線停留在寶雯最後轉出去的那排榕樹下，我覺得自己的想法也不大正確，愛情並沒有退而求其次的道理，喜歡一個人就是喜歡，沒有因爲追不到甲，就轉而向乙的道理。

「唉……」我吐了一口長氣，長得連自己都嚇了一跳，而伴隨著嘆氣聲的，是我的手機也響了，本來還以爲是蜻蜓叫我自己先吃飯或幹嘛，但來電顯示的名字卻是小趙。

「你最好有很好的消息，不然我不會放過你。」我說，今天的心情已經有夠糟了，我實在不想再遇到任何打擊。

「哎唷，當然是好消息呀，而且我是第一個通知你唷！」他娘娘腔的聲音傳來，真讓人有種心癢骨酥的感覺，不過只要一想到他其實是個男的，我就覺得想打人。

「什麼屁你就放吧。」我說。

小趙說，他現在正跟那群家商的女孩們喝茶聊天，他發現有好幾個女孩子都頗具姿色，而且是溫柔可人，非常有看頭。

「關我什麼事？我又不是公關。」我說我只是公關的跟班，這些事情實在不必每次都特地跟我報備，蜻蜓才是主角。況且現在我連今晚要睡哪裡都不知道，誰還管他美女不美女的。

小趙說肥水不落外人田，光憑蜻蜓一個人怎麼消化得了那麼多美女？

「可是你有沒有想過，萬一你眼裡的美女，在我眼裡只是狗屎的話，你會怎麼樣？」我問他。

「會怎樣？」

「我會把你變成眞正的女人。」我狠狠地說。

後來我索性連行李也不顧了，口渴得要命的我，決定自己去買飲料。不過我不想去蜻蜓他們窩著的那一家便利商店，於是從小公園的後方轉了出去，決定到休閒小站去光顧。

買了飲料，走回公園外的街口，這裡還望不見小涼亭，我在路口停了下來，等待一個漫長的紅燈。心裡想著，還眞該慶幸有那麼一個紅燈，讓我停下來好好想想自己的方向，原來紅燈除了警告跟停止之外，這顏色還有提醒的意義在。又喝了一口飲料，心想著倘若沒有這紅燈，那麼在這個路口，我將何去何從？

不過這問題沒能讓我想太久，綠燈之後，我還是認命地過了馬路，循著來時的小徑走回公園。轉過榕樹林，穿越一個小籃球場，還跨過一排花草扶疏的小花圃，我看見了小涼亭的紅色尖型屋頂。

蜻蜓他們回來了嗎？我要不要把寶雯的事情告訴蜻蜓呢？如果我說了這個祕密，破壞了蜻蜓跟昱卉之間單純的關係，那昱卉之後會怎麼看待我呢？百香綠既酸且甜的滋味，讓我心裡也跟著交戰不休。

然而這些交戰都是多餘的，當我轉了過來，看到小涼亭裡的景象時，我就決定幫寶雯將這個祕密保守到底了。有些人的有些事情或心情，我們最好永遠不要去破壞它，因爲這些沒被揭開的，都才是最美麗的。

小涼亭裡，我看見昱卉，穿著粉紅色兩件式背心的她，是那麼鮮明地存在著，而坐在她旁邊的，則是永遠英姿颯爽的蜻蜓。我在接近涼亭大約三十公尺的地方停下了腳步，決定掉頭再去便利商店買包香菸，那涼亭現在不適合有我的出現。蜻蜓輕輕撥開了昱卉額前的頭髮，我看見男孩的溫柔，也看見女孩的羞怯，這時候又何必需要語言？當他終於吻了她。

18

弱水還是那三千，我想我還是喜歡這一瓢飲。

獨自坐在便利商店門口，心裡一片空白。一片空白的意思，就是現在我連形容詞都想不出來的意思，整個人像個傻瓜一樣，從便利商店走出來，然後又走進去，就這麼進進出出好幾回，直到女店員開始用怨念的眼光瞄我爲止。

我想走回公園，可是我不知道我該用哪一號表情去面對這場面，於是我蹲在便利商店外，點根香菸來看著它燃燒，結果就這麼看著燒著，浪費了將近半包菸。後來蜻蜓打電話過來，說已經找到了不錯的房子，價錢也相當合理，要我先整理一下部分有打開的行李，明天一早就馬上搬家。

「不能今天搬嗎？」被拉回現實的我，很努力進入狀況。

「房東說他現在正在粉刷房間哪，所以雖然一切都搞定了，但還是要等到明天喔！等一下我會過去看房子，你要一起去嗎？」

我應該一起去嗎？我苦笑著。

後來留守的人也是我。獨自在小公園裡啃麵包，我讓蜻蜓跟昱卉一起去看房子。這麵包有點食之無味。後來他們回來了，看到我在吃麵包，蜻蜓自告奮勇地去替我買便當，趁著跟昱卉獨處的片刻，我悄悄觀察了一下她的側臉。

那是一張俏麗的臉龐，而且還有紅暈在臉頰上，她安靜地幫蜻蜓把一些散開的行李又整理好。也許昱卉也還沒來得及整理自己的思緒吧，力圖保持平靜的她，模樣看來反而有些失措。

「寶雯說她得回家吃飯，所以先走了。」我找話題。

「嗯。」沒看我，她微抿著唇點點頭。

「今晚可能得在這裡過夜了。」

「嗯嗯，注意會有蚊子。」她還是一樣的神情。

我不忍心看到自己崩潰的樣子，於是嘆了口氣，轉身也整理自己的東西。不過這聲嘆息似乎有點大聲，敏感的昱卉反而看向我，問我怎麼了。

「沒事，只是有點累了。」背對著她，我輕描淡寫地說。

能說得出來就好了，整理東西時，我不時忍不住側眼偷瞄昱卉。那是一種她恐怕永遠都不會懂的心情，就如同這聲嘆息，永遠只有我自己明白那裡面蘊藏的感觸，或許寶雯也會明白，但可惜的是她不在這裡。

不在這裡看不見也好，我心裡想。

於是那一晚我有了生平頭一次流落街頭的經驗，窩在小公園邊，看著大馬路上的車輛快速通過，原來也別有一番滋味。

「你很無奈嗎？」蜻蜓問我。我們蹲的姿勢很難看，看起來簡直像極了公園入口的一對石獅子。

「還好吧，畢竟這機會太難得。」我說的是眞心話。

「嘿！」蜻蜓笑著說：「這種事情可不會發生在我們三十歲之後喔！能這樣荒唐過日子的，大概也只有現在了吧！」

我玩味著他說的話，心裡想著所有我認識的，超過三十歲的那些人們。爸媽總是規矩地上班工作，離婚大概是他們生平遭遇到最大的意外。導師、龍哥，還有那些教官們，每個人都活在已經固定的生活模式中，他們就像擺在電視機上的相框裡、那不會動作的照片人物，既無法擺出別的姿勢，大概腦袋也不會有其他的想法。

嗯，所以才說青春應該盡情揮灑，多做點瘋狂的事情，等我們都不得不走進相框的時候，才不會感到後悔。只是，怎樣叫作瘋狂？我想了一想，眼睛看著下午停留的那路口，盯著號誌從綠燈轉成了紅燈。

「你對昱卉是認眞的嗎？」我想到下午我過路口之後，看到的情景。

「你看到啦？」而蜻蜓不愧是蜻蜓，也馬上猜到了。「怎樣的態度才算是認眞的呢？從一而終？至死不渝？還是專注在每一個當下？」蜻蜓索性坐了下來，他說：「我不知道怎樣才叫作『認眞』，不過我不想讓自己的價値觀，等同於一般世俗的眼光。」

「我在問你愛情，沒人管你的價値觀是什麼。」我說。

「哈哈哈哈……也對。」蜻蜓說：「我現在想要的，只是找個地方安頓下來，然後好好過我想過的日子，而且是跟我覺得適合的人一起過日子。」他用力拍了一下我的肩膀，說：

「跟你，還有昱卉。」

「所以你們現在算是眞正的男女朋友了？」

「一紙證明可以確定一對男女成爲夫妻，可是卻沒有任何證據可以證明兩個人成爲戀人。」蜻蜓說：「不過我想我跟昱卉都不會浪費自己的初吻的。」

他說得很專注，沒發現我聽到「初吻」兩個字時忽然瞪大的雙眼。

深深的夜晚終於降臨，我縮著身體，身上略覺得有點寒意，夏末的季節裡，已經感受得到秋天的氣息了。這難熬的一晚，我想我是注定難眠的了，而且我也知道，這城市的另外一方，某棟大樓的某個房間裡，也有一個跟我一樣，因爲左右爲難而難眠的女孩。

只是我在想，如果寶雯知道蜻蜓跟昱卉終於確定在一起了，她會嫉妒嗎？會吃醋嗎？不曉得爲什麼，我沒有。

對古典民俗有信仰的人，搬家會看風水時辰；對現代都市有概念的人，搬家會注意方便的交通路線；而對兩個流浪街頭的小鬼來說，我們搬家需要的只是人手，只求搬得愈快愈好。

因爲需要有人看守剩餘的東西，不能兩個人都同時離開，所以我打了電話給小趙，反正這傢伙很閒，一天到晚只想辦聯誼，倒不如趁此機會拗他，就算他力氣不夠，好歹也可以留守公園。

只是，我跟蜻蜓都料想不到的是，小趙接完電話，爽快地答應之後，居然又拖延了快一個半小時才出現，而且，還不只他一個人來。

「哎唷！兩位，居然淪落到睡公園的份哪？」這是他來的第一句話，如果不是因爲他後面還有三個女孩陪著，我想我跟蜻蜓一定會先海扁他一頓。

「看我多好心，還幫兩位找來了幫手，每個人拿一點，很快就搬完了，對吧？」小趙笑著走進涼亭，看著已經被早晨陽光曬出一身大汗的我們，擺出一種女兒家特有的嫵媚，先來個嫣然一笑，然後拿出一包面紙給我們。

「哎唷！這個東西還能叫作棉被嗎？我的好哥兒們，你們怎麼敢把這玩意兒往身上蓋哪？」他開始數落我們的家當，從我的破爛棉被，到蜻蜓的舊背包，都是幾乎要令他掩鼻走避的東西。

「你覺得他到底是來幹什麼的？」我問蜻蜓。

「我想，是來找死吧。」他說。

就在我跟蜻蜓兩個人左右架住小趙，想趁沒人注意，偷打他幾下時，我聽見一個女孩輕咳了一下，她說：「你們好，我們是家商國貿科的，我姓葉，我叫葉宛喬，叫我小喬就可以了。」

我回頭看一下，那是三個女孩當中，站在中間的那一個。她的個子很高眺，跟身材頎長的蜻蜓只怕有拚，我對著她點點頭，她也禮貌性地笑了一笑，我看見兩個可愛的小酒渦，漾著青春的氣息。

19 失之東隅之後，該不會妳才是我的桑榆吧？

嫌棄完我們的家當之後，小趙偷偷告訴我，這三位來自家商的女同學，都是他拐來的搬家助手。他幾乎連介紹都省了，就直接分派起工作，讓大家開始搬東西。

三個女孩分乘兩部機車而來，沒騎車的就是那個小喬，女孩們大概也覺得莫名其妙吧，糊里糊塗就聽著小趙的指示，開始把一些較輕的行李拿上手。有她們跟小趙的協助，結果我們只用了一趟的車程，就把行李全都給搬完了。蜻蜓找的這房子還不差，位於四樓的房間很新，各項基本應該給的家具也都齊全，雖然只是雅房，得共用一個浴廁，但整層樓也不過就我跟蜻蜓兩個房間而已。

「為什麼不找套房呢？」把東西放下後，小趙問我。

「拜託，我們只是窮人耶。」我說。

「當大哥的不是應該都很有錢嗎？」那個叫作小喬的酒渦女孩，把我的鋁製壘球棒拿起來掂了一下重量。

「大哥？什麼大哥？」我很疑惑地看著小喬，小喬則看著小趙。

我懂了，這死人妖一定又在人家面前吹噓了些什麼，所以我們才會被錯以為是校園幫派的大哥。看著小趙尷尬地嘿嘿嘿笑著，我眞想過去一拳捶死他。

「那根球棒的用途，絕對只是拿來打球的，我保證。」我說。

「眞可惜。」小喬握著球棒，輕輕撫摸棒子上面摩擦到的痕跡，帶點惋惜的口吻說。眞是個奇怪的女孩，我心裡想。她好像覺得那根球棒沒有打過球以外的其他東西是很可惜的事情。

走出房間，隔壁的蜻蜓也剛剛放好東西，跟幫他搬行李的另外兩個女孩一起走了出來。我把房租跟印章拿給他，由他負責與房東交涉簽約的事情。

而爲了答謝她們的支援，我跟蜻蜓決定請大家喝飲料。一到茶店，都還沒坐下呢，小喬又問我，昨天是否眞的睡在小公園裡。點點頭，我說這沒什麼大不了的，不過就是過夜，網咖跟公園都一樣。

「果然大哥的作風都異於常人唷。」

靠著窗，看著外面工學路上的人車來往，我苦笑地說：「朗朗乾坤，清平盛世，這裡只有天眞可愛的中學生，沒有什麼大哥的啦。」

「眞的嗎？」

「當然是眞的。」我努力做出清純斯文的模樣。

「可是小趙不是這麼說的，他說你們經常打架鬧事。」

橫了小趙一眼，殺氣讓他趕快出來打圓場，還努力岔開話題，開始說起聯誼的事情。不過坐在靠窗這邊的我，一來離得有點遠，聽不清楚他說的內容，二來我對聯誼本就無多大興趣，所以也沒專心去聽。

「我有個小小的疑問，可以問嗎？」我對面的小喬忽然問我。

「妳亂問的話可能會被我殺害喔。」我故意嚇她。

她先愣了一下，然後笑了出來，問我爲什麼寧願睡小公園，也不願意回家或向家人求救。

「因爲那是我自己的事情呀！」我說。

「可是……你不覺得這種事情應該通知家人嗎？」

「通知家人也改變不了我們被坑的事實，只是增加大家的困擾而已，自己的事情要自己處理，這是我的原則。」我說。

看著小喬似懂非懂的樣子，我給了她一個微笑。大概覺得這問題很難問出個結果吧，過不多時，我看她也慢慢地將注意力轉移到聯誼活動的討論上面去了。

「那個蜻蜓好像很熟悉活動流程的樣子，說起來頭頭是道。」小喬又起了個話題。

我說蜻蜓這個人對什麼都很拿手，這並不算什麼。她點點頭，見我點了一根香菸，又問我爲何不參加討論。

「因爲沒什麼興趣吧。」我說：「既不會想參加那種團康活動，也不打算藉這機會交什麼女朋友，所以頂多是個湊數的。」

做個「原來如此」的表情，小喬看看他們，又看看窗外，也沒參與討論。

「那妳呢？」換我問她。小喬的模樣給人感覺很青春洋溢，所以她興致缺缺的樣子讓我也有一絲不解。

想了一下，她說：「膩了吧，這種活動十之八九都差不多呀，什麼大地遊戲，什麼唱歌跳舞之類的，不都是一個樣子嗎？而且這次對象……」

「什麼對象？對象怎樣？」

「沒，沒什麼。」小喬的眼光裡露出了淘氣的神采，她閉著的唇邊微揚，臉頰便又出了兩個酒渦，我知道她又在暗示著些什麼，可是我還能怎麼澄清呢？

「小趙，」把頭轉向正在討論的那群人，我語帶恐嚇地說：「你最好把活動辦得精采點，否則我的鋁棒可能要接觸壘球以外的東西了。」

大家都笑了出來，小喬還差點被飲料噎到。坐她對面的我遞了紙巾給她，小喬擦了一下，跟我說，如果哪天小趙要用腦殼來試驗鋁棒的硬度，記得要我打電話給她，讓她來看好戲。

我笑著答應了她，關於鋁棒的承諾會不會有一天眞的實現，這個我不知道，不過那倒是影響了很多年後的一場相逢，當然，這不在本秋天發生的事情裡面，所以暫時不提。

那一晚，我對著鏡子看了許久，怎麼看都不覺得自己像壞人，於是我走到蜻蜓的房間，本來想問問他對這件事情的看法，可是這小子卻一臉氣憤地坐在床邊，手上還抓著手機。

「怎麼著，你老爸打電話來罵人嗎？」我猜想是他老爸又喝酒了。

不過蜻蜓卻說不是，原來剛剛他打電話給昱卉，說了聯誼的事情，昱卉聽了很不高興，問他爲什麼交了女朋友之後，還要去參加聯誼。

「有女朋友跟參加聯誼，這中間有什麼關聯性嗎？」我不懂。

「在某個角度上來說是有關聯的。就好比你面前已經擺了一桌飯菜了，爲什麼你還想去買麥當勞呢？」

「嗯，言之有理，昨天她剛剛變成你的女朋友，過沒幾天你馬上就要跟別的女孩出去玩，這道理怎麼說都不通。不過既然你也這樣想，你又幹嘛要參加聯誼？」拉開椅子，我坐了下來。

「可是對我來說，這是兩碼子事呀。活動方面，我是公關之一，沒有理由不去，而且重點是，我去的目的並不是爲了女孩子，你懂嗎？」

「不懂。」

他搓搓腦袋，耐著性子繼續說：「出去玩分成兩種，一種是看跟誰去玩，另一種則是看去哪裡玩。這次活動，我想辦點不一樣的，帶大家去大雪山，所以是屬於後者。」

我說那既然這樣，他應該把這道理告訴昱卉，解釋清楚就沒事了，兩個人在一起，什麼事情都可以溝通的。但蜻蜓搖頭，他說他已經解釋過了。

「也許你說得不夠詳細，也可能她不大能了解你的意思，你要不要……」

「算了。」蜻蜓很斬截地打斷我的話，他說：「有些事情不需要交代第二遍，認識我那麼久，你也知道我這個人不喜歡解釋什麼。」

「我知道，不過昱卉可未必知道。」我一邊嘆氣一邊說，結果連蜻蜓也無言了。

隨手抓起蜻蜓房間裡，一把他總是用來擺好看的木吉他，我隨手撥了幾個和弦。吉他社是我們共同參加的社團，不過卻從來沒有認眞練習過。我看著他，一邊亂談一邊發呆，他則看著牆壁出神，過了半晌，他先回過魂來。

「發什麼愣？」

「沒，只是在想你說的話，去哪裡玩，還有跟誰去玩的問題而已。」我停止了彈吉他的動作。

「還有另外一件事情。」他又露出恨恨的樣子，「剛剛有個電子科的學姊打電話來，說什麼她男朋友對我很不滿。」

電子科的學姊？什麼時候又冒出這號人物了？我很疑惑，不過蜻蜓比我更疑惑，電子科的女生總數不會超過三十個，他在社團或學校活動中，認識了至少有一半，可是這個學姊是誰，他則一點印象也沒有。

「既然沒有印象，那她男朋友又幹嘛對你有意見？」我承認，我是個很愛聽八卦的人。

「我要是知道就好了。反正這世界很奇怪，你不去找事情，事情也會找上門來。我不知道現在是哪個學姊有問題，我只知道這個學姊的男朋友，因爲極度缺乏自信，所以擔心他女朋友會被充滿男性魅力的小學弟給搶走，事情就是這個樣子而已。」

「你不設法解決一下嗎？」

「再急，都急不過我現在想大便的心情，走吧，我們去買衛生紙跟其他的盥洗用具。」

他笑著，拍拍大腿站起來，那是一種天塌下來，他都只會當作鳥屎滴落的自在模樣。

我們不去惹事情，事情也會自動惹上門。
我們不去碰感情，感情也會自動冒出來，這是相同的道理。

20

偉大的蜻蜓曾經說過，在一所男女比例太過懸殊的學校裡，只要女孩的容貌不要糟糕到必須以「科幻」或「靈異」來形容，那麼她就能夠輕易擁有一定的行情。而爲了吸引這些女孩的注意力，男生會開始做各種求偶表現，有人靠成績，有人靠髮型跟衣著，有些比較下三濫的，則靠暴力。

「這絕對是事實，不承認本理論的人表示他對自己不夠坦然。」蜻蜓如此結論。

根據寶雯與昱卉爲了校刊採訪而蒐集來的資料顯示，青少年滋事的原因，通常都不脫上述幾樣，而且這些通常都互有影響，甚至具有因果關係，電子科學姊的事件就是個典型的案例。

在蜻蜓接到那通電話後的沒幾天，謎樣的學姊便出現了。那天中午，昱卉穿著糾察隊制服，才剛經過我們教室前門，一個燙捲了髮尾，相當俏麗的學姊就從後門繞過來。趴在桌上，我看著蜻蜓走了出去，跟學姊說了一會兒話。這學姊很面善，依稀記得是去年認識她的。那是個無聊的週末，一夥人在操場打壘球，不曉得誰一棒把球打到了排球場去，我跟蜻蜓過去撿球時，認識了這個學姊。我還記得她把球還給我們時，問我們是不是電機科的周振聲跟楊清廷。

人太紅也是錯嗎？真覺得不好意思。我這樣想。不過那都是一年多以前的事情了，現在我雖然還能記得這一點往事，可是卻怎麼也記不起學姊的芳名。

學姊的臉色很尷尬，像是努力想解釋什麼，而蜻蜓就自在多了，他的手插在口袋裡，很隨性地靠在欄杆上，偶而點點頭表示回答。

就這麼聊了大約十分鐘之後，他拍拍學姊的肩膀，我看見這小子露出了帶電的微笑，難怪學姊的男朋友要擔心了。

炎熱的午後，校園裡傳來幾聲鳥啼，似乎也在抗議著艷陽的肆無忌憚。我在蜻蜓回來趴著繼續睡之後沒多久起身，決定到廁所去把臉上的口水洗掉，也許還可以抽根菸提提神。

「你要去哪裡？」背後傳來小小聲的詢問，那是豆豆龍，而我則用氣音回答他：「尿尿。」

四周一片死寂，我懷疑是否所有的聲音都被陽光蒸發了。一個人坐在廁所裡的台階上，我叼著香菸，腦袋開始天馬行空，想著我的未來、我的家人，還有我那根本不像愛情的愛情。抬頭，小便斗的正上方，那尺許大小見方的氣窗，外面只有一片湛藍，藍得跟我的心一樣空洞。

而就在我的香菸燒了一半時，外面忽然有紊亂的腳步聲響起。我安然如素地坐著，香菸也沒扔掉，因爲糾察隊的腳步很整齊，而漸近的來人顯然各有各的走路步伐，如果是教官，也不會是兩個以上一起來，所以那肯定是學生，而既然只是一般的學生，那我又有什麼好擔心的呢？

果然過不了三十秒，就有人踏了進來，是兩個生面孔，一個高壯而另一個瘦削，但同樣的則是一臉橫肉。我瞄了一下他們制服，心中暗叫一聲不妙：他們是三年級電子科的。

「是不是這一個？」瘦子問他旁邊的大個兒。

「不是，不過他們是一夥的。」

兩句簡單的對白，我已經確定他們要找的人是蜻蜓。於是我想站起身來，或許有機會爲蜻蜓做點解釋。結果我屁股剛剛離開台階，肩膀就被推了一把，整個人差點又坐了下去。

「喂，不要動手動腳的！」對著剛剛推我的那個瘦子，我大聲抗議。我是很認眞的，因爲我不覺得拳頭可以解決問題，也不覺得需要爲了這點小事就妄動干戈。但顯然他們並不這麼想，那瘦子的手掌不斷推過來，我被逼到牆角。

「夠了喔，有本事的話，你應該去追回你女朋友，可不是在這裡找我麻煩。」我開始覺得有點生氣。

「想撇清關係嗎？你跟那個姓楊的明明是……」大個子也生氣了，我看到他咬著牙根，露出一口黃牙。

「什麼姓楊的？」就在這時候，一個聲音從廁所門口傳來，那聲音我極耳熟，不用看都知道是蜻蜓。

「噢，兩個欺負一個唷。」還有豆豆龍。

「不是吧？怎麼會是兩個欺負一個呢？應該是四個欺負兩個才對吧？嘿嘿！」聽這尖笑，我就知道那是小趙。

事情至此，終於超出了我能控制的範圍，本來我還希望藉由我，能幫蜻蜓把事情弄清楚，然後和平解決的，但現在什麼都沒了。先是蜻蜓撲了上來，然後是豆豆龍跟小趙，這兩個電子科不知名的傢伙，就這麼被按倒，我還沒搞懂事情的原委，甚至連那個學姊的名字都沒能問到，這兩個傢伙已經被蜻蜓他們打得說不出話來了。

我站在原地，看得有點目瞪口呆，可是憑我一個人又拉不動他們，就看著豆豆龍兩手箍住那個瘦子，悶得他幾乎窒息，而小趙雖然粉嫩，但是打起人來也毫不遜於一般的男生。至於蜻蜓，我懷疑他是不是想把這陣子的怨氣，都發洩在那個狂吃無名醋的大個兒身上。大個兒被蜻蜓一拳打在小腹上，整個人幾乎癱軟，背靠著牆往後縮，蜻蜓隨手抓起牆邊的垃圾桶，往他頭上又砸了下去，跟著又是一頓揍。

「夠了，蜻蜓！」我想攔住他，不過他的力氣大得驚人，我的手被他擋開，蜻蜓對著大個兒的側臉，又踹了一腳，痛得他叫了出來。

這一聲大叫可不得了，不但劃破了靜謐的午後，也驚動了往來巡邏的糾察隊員，就在我加入一團混戰，努力地想拉開蜻蜓時，一群腳步聲湧入了狹窄的廁所裡，我聽見昱卉用難得的嚴厲語氣，一聲斷喝，讓我們全都停止了動作。

「住手！」

教官室裡，我們跟電子科的兩個傢伙背對背正面壁著。我看看蜻蜓，他老兄很若無其事地打了個呵欠，一副完全沒事的樣子。教官室的那一邊，昱卉正在跟教官們報告剛剛發生的事情。我們已經被分開詢問過了，教官正在裁決中。

按照規定，打群架要記兩支大過，這一記下去，我們四個大概都不要想混了。方才我已經向教官報告過，這事情起因不在我們，動手也只是爲了自衛。

「你覺得我們會被退學嗎？」豆豆龍又問我。

「我們不會，可是你會。」我說。

「爲什麼？」

「因爲你是胖子。」我說。蜻蜓跟小趙都笑了出來，有個教官走過來，還打了我們一人一下後腦勺。

半小時之後，教官終於出來了，跟在後面的是臉色很臭的昱卉，她瞪了蜻蜓一眼，走到我旁邊來，小聲地對我說：「等一下我打電話給你。」

打電話給我？昱卉說要打電話給我？她要問我這件事情的詳細始末嗎？不喜歡解釋事情的蜻蜓，一定不會老實跟她說，所以她乾脆直接找我問嗎？那我該怎麼回答呢？

「你們四個給我聽著！」教官低沉沙啞的聲音，打斷了我的惶恐，他說：「這件事情我可以不追究，不過校園內禁止談戀愛，更別說是爲了男女之間的事情發生衝突，爾後如果再有學長找你們麻煩，不准自己解決，記得要來教官室，知道嗎？」

我跟豆豆龍、小趙一起點頭，眼見蜻蜓又露出了不屑的眼光，我趕緊推了他一下，示意他要暫時屈服一下，他這才也不情願地允首。

走出了教官室，我覺得陽光很刺眼，讓我幾乎無法看得清楚教室的路。蜻蜓說他這節課不上了，有事要我們到實習大樓屋頂找他。看著他離去，我沒半句話可說，正猶豫著是否應該跟著蹺掉這節龍哥的課而已，電話便已響起。要接嗎？我想接，因爲接了可以聽到昱卉的聲音，可是我要怎麼解釋蜻蜓跟學姊之間的事情呢？

唉，人生哪！

拳頭可以解決很多事情，但不是全部的事情都能靠拳頭解決。三思，三思。

X 21

「很難得看到筊白筍呢！」昱卉指著對岸。

「那難道不是比較長的雜草而已嗎？」我故意逗她。

「當然不是哪！怎麼會有排列得這麼整齊的雜草呢？那是筊白筍，我們雲林老家附近也有人種，很好吃呢。」昱卉笑著。

沿著河岸，我們來到我經常一個人獨坐的老樹下，這次我終於仔細地看清楚了小河對岸的風光。對岸傍水的那一片是筊白筍田，再過去則是稻米，而稍遠處才是起伏的小山巒。

蜻蜓在放學之後還不見人影，於是我替他把書包拿回去，才又騎車出來。昱卉換過便服後，在校門口的7-11等我，反正想不到能去哪裡，所以我決定帶她來小河邊。

「這是我常常一個人來的地方。」說著，我停下了車。

昱卉走上了小路邊的土坡，在老榕樹邊坐下。起先她的臉色很沉重，一路上幾乎都沒說話。問她要不要先吃飯，她搖頭；問她想不想出去吹吹風，她則點頭；再問她是不是想談點什麼，她則連一點反應都沒有。來到這裡，聊到茭白筍的時候她還能笑一下，可是一旦笑完，她又是死氣沉沉的模樣。

「妳這樣總不是辦法，至少說些什麼吧？心情呀，感覺之類的。」我有點技窮。

「你覺得我現在是應該吃醋生氣好，還是難過傷心好？」結果她很冷靜地這樣問我。

「我不知道應該怎麼跟妳解釋，因為這其實只是場誤會。我們沒有去跟學姊搞什麼曖昧關係，純粹是那兩個男生的問題。」既然也沒有什麼可說的，所以我乾脆把這件事情就我所知的拿出來慢慢講，而且還一再強調，蜻蜓跟學長打架的原因，絕對不是什麼爭風吃醋，他只是想救我脫困而已。

「我可以不去吃醋，不去計較那個什麼學姊的問題，但是我不能釋懷的地方是，我是他女朋友，為什麼他連對自己的女朋友都不肯解釋清楚？為什麼？」看著我，昱卉說：「有時候我真的很搞不懂他的想法。」

「也不是真的那麼難以捉摸吧，只是每個人都有不一樣的個性嘛。」我攤手，「如果妳真的要選擇蜻蜓，那就只好接受他那個脾氣了。」

我順著昱卉的目光看出去，有幾隻白鷺鷥從水草叢中翩然而起，飛進河堤邊的水田裡。

「就像那些白鷺鷥一樣，妳總得習慣牠們的飛行，那不是我們可以掌握的。」我說。

昱卉沒有回答，卻嘆了口氣，把頭埋進了臂彎中。我想拍拍她肩膀，不過我沒有那種勇氣，所以只好點了根菸，假裝沒看見她的無奈。

昱卉現在的表現很不像她平常的樣子，那個心如止水的模樣不見了，取而代之的，是滿臉的愁容。

就這麼枯坐著，直到我開始感覺肚子餓了的時候，昱卉才把頭抬起來，她的表情似乎平靜了不少，想來剛剛已整理過了自己的情緒。

「我聽寶雯說，你跟蜻蜓是高一新生訓練就認識的？你們以前一定常常來這裡看夕陽吧？」

「嗯，認識很久了，不過這裡我卻從來都只一個人來。」

我說蜻蜓從不在這條路上逗留，因爲他受不了小河經常冒出來的怪異臭味，而且還嫌棄它被污染成五顏六色。

「可是你還是喜歡這裡？」

我點點頭。

「這裡的夕陽很漂亮。」她仰望。

「比起夕陽，我覺得那些五顏六色的雲彩更動人唷。」我指指半空中，那被夕陽暈紅後，色彩層層繁複的雲朵。「而且這裡的河水雖然很髒很臭，可是對我來說，卻是最乾淨的地方。也許在別人眼中，這裡根本不值得多看一眼，可是它對我卻是太過重要的祕密基地。」

「喔？」

「就像我們的青春呀，也許別人看來幼稚可笑，可是卻是我們自己最重要的記憶吧！」看著夕陽投射過來的光芒映得那邊整片紅霞，我輕輕地說。

「這裡果然對你非常重要呢。」

點個頭，我聊起了小河跟我的關係，小河就像人生一樣，從單色變成多色，就像生命的愈趨繁複。

「嗯，而且這裡很適合約會唷。」昱卉說，她看過一本愛情小說，雖然已經忘了書名跟作者，不過卻牢記得書中曾經提到，男主角也有個屬於自己的祕密基地，他始終期待著有一天，可以帶自己心目中的女孩到那裡去，看看星星或說說心事之類的。

「那是小說，這是現實，不一樣的。」我說。

「文字反映出人生呀，很多時候，小說是會把人的內心意識表現出來的。而且，小河雖然被污染了，可是如果約會的兩個人，心裡都只想著對方，那麼他們就不會再去在意小河的問題了呀。」

「如果是這樣的話，那他們其實也不需要來這裡了，他們只需要窩在自助餐店就可以了呀，反正到哪裡都一樣，不是嗎？」

我逗得昱卉笑了出來，見她好不容易有了笑容，我馬上接著繼續說：「就像蜻蜓說的，出去玩，要看跟誰去，或者去哪裡，妳和他都是屬於前者，跟對的人在一起，去哪裡都無所謂。」

趁著這個機會，我又替蜻蜓解釋了他如此積極籌辦聯誼的原因，昱卉點點頭，似乎接受了我的說法。

「不知道爲什麼，同樣的話，蜻蜓說起來像是在找藉口，而你說起來，卻變得很有道理。」昱卉感慨地說。

「那是因爲你們是情人，因爲妳喜歡他。」我臉上帶著笑，心口卻揪痛著。我知道因爲太在乎一個人，所以對對方的要求也就特別多的道理。夕陽慢慢西下，換我開始感到沉重。

在天黑之前，我又打了一通電話給蜻蜓，他依然未開機。我問昱卉是不是要過去我們宿舍一趟，或許有些事情應該當面談清楚，不過她卻婉拒了。

「阿振，謝謝你。不過有些事情，我想可能不是那麼容易談得清楚的，跟他在一起的時間雖然不長，但我想我還算可以了解他這個人，我只是還有點不知道該怎麼面對而已。」昱卉說。

「畢竟，這是我第一次談戀愛。」走下坡來，背對著我，昱卉小聲地說。

「這也是我的第一次。」我也說了，差別只是我在心裡說著。

回到學校大門口，昱卉下了車，把安全帽拿下來之後，又對我道謝，說是很不好意思佔用了我的時間。

「沒什麼好謝的，這只是小事情罷了。」我說。

她點點頭，就在轉身要進校門之前，忽然又回過頭問我：「對了，我還有個問題。這陣子我經常在想，我喜歡蜻蜓的哪一點，可是我沒有答案。你覺得喜歡一個人需要理由嗎？」

「大概一百個戀愛中的人都會問這問題，而所得到的一百種理由大概也都不會相同。」我說：「也許妳會覺得像蜻蜓這樣的人，可以隨隨便便就數出一百個缺點，但是因爲妳喜歡他，所以妳就是喜歡他。」

我把機車重新發動，笑著說：「既然妳已經確定妳喜歡他，那妳還需要什麼理由？」

「謝謝，眞的。」聽了我的話，昱卉若有所悟地看著我。

「不客氣。」這次我接受了她的道謝。

妳確定了嗎？如果妳確定了，那我也就確定了，我還是打算繼續喜歡妳。

22

接下來的幾天，全班都陷入了一種莫名的狂熱，儘管我們跟電子科學長打架的事情還因爲教官的調查而略顯餘波蕩漾，但那也掩蓋不了大家投入活動的熱情。蜻蜓跟小趙很努力地規畫路線，好準備帶大家去大雪山玩。

住在外面的生活是自由的，再沒有任何時間限制，我們現在需要配合的，只有昱卉的宿舍門禁，蜻蜓經常約了昱卉出來，然後昱卉會約寶雯，所以蜻蜓就會帶我去。

那次爭吵的事情似乎已經船過水無痕地平息了，蜻蜓知道我陪昱卉說了很多話，他並沒有吃醋或不愉快，反過來還跟我說了謝謝。我笑著接受他的道謝，不過卻不會要求他改變自己的個性，我知道那對他來說太難。

我們四個人聚在一起，通常都是蜻蜓高談闊論，兩個女孩專心聆聽，而我負責搭腔，這樣的相聲組合，在台中各大小麥當勞或泡沫紅茶店都不斷上演著，很輕鬆有趣，不過相對的，是開支也增大了很多。

開銷增加，但生活費卻維持一樣的水平，所以我們開始得東摳西扣，否則只怕這個月還沒過完，我們都要餓死了，而也因爲這個原因，所以這幾天我便沒再跟蜻蜓他們一起出去，蜻蜓比我還窮，單刀赴會沒幾次之後，他也山窮水盡，只好窩在宿舍看書。

「做大事的人，不能老是要求錦衣玉食。」傍晚時，躺在床上，翻看著《辭海》的蜻蜓說。

「我沒有要錦衣玉食，我只想塡飽肚子。」我哭喪著臉。

「那就看書吧！」他看著看著自己都快睡著了。

「我知道書中自有顏如玉跟黃金屋，可是我沒聽說過書中有麥當勞。」

說到顏如玉，我忽然想起昱卉白淨的臉龐，自從花光零用錢，沒辦法一天到晚出去玩之後，原本都是昱卉跟寶雯過來找我們的，可是這幾天卻都不見她們來訪。

我問蜻蜓說怎麼不見那兩個小妮子，蜻蜓沒回答我，卻抱著《辭海》睡著了。

跟家商的女生們見面前，我走到自助餐店來。這裡的東西便宜，在茶店吃簡餐，那是太奢侈的行爲。

下午六點半的台中市南區，天空泛著橘紅色的柔光，這是個多麼適合坐在小河邊看夕陽的傍晚。可是我卻沒那閒工夫，吃飽飯後要回去叫醒蜻蜓，然後趕去市區，小趙約了那幾個女孩們要做最後一次討論。所以我今天吃飯也沒空看報紙了，只能不斷把飯菜舀進嘴巴裡。

「嘿！」這時有個人站在我獨自落座的小方桌前，嘴裡含著湯匙的我無法抬頭，不過從身型跟聲音，我知道那是寶雯。

「怎麼自己一個人吃飯？」她放了一杯飲料在我桌上，自己也坐了下來。

我把那口飯努力嚥下去，這才抬頭面對她。寶雯原本的長髮竟然不見了，剪得齊於耳根，整個人變得清爽許多。

「妳……剪頭髮了？」我很驚訝。

「嗯，想做點改變，所以昨天去剪了。」她笑著。

霎時間我有點錯愕，忽然發現自己竟如此窘於言詞。我想那是平常我習慣把自己當成次要人物，將說話的主導權讓給蜻蜓吧。安靜了一下之後，寶雯看著我面前那盤燴飯，問我這樣眞的能吃得飽嗎？

「沒辦法，每天有每天的開銷額度。」我說：「我跟蜻蜓算過了，星期一我們可以吃水餃跟豬血湯，星期二是豬排便當，如果沒有意外開支的話，星期三就還有兩顆紅燒獅子頭。」

「然後呢？」

「要是一個不小心，我們星期四就只剩下青菜配白飯，星期五更不用說了，只有一條白吐司兩個人吃。」

寶雯笑著不敢置信。我說，像今天蜻蜓就是因爲中午貪心，多吃了一盒炒麵，所以他現在只能在家啃《辭海》，我只好落單來吃飯。這是我們很實際的情形，然而也許我說起來太過戲謔，所以寶雯居然笑個沒完，還把她那杯沒喝過的綠茶遞給我，說是贊助我當飯後茶。

「那妳呢？怎麼沒跟昱卉在一起？」

「昱卉身體不舒服，所以我晚點回家，先幫她買晚餐，順便整理一些之前採訪的資料。」

「不舒服？她還好吧？」

察覺了我臉上關心的神情，寶雯說：「只是生理期的不舒服，你不用擔心成這樣吧？」

「嗯。」我趕緊點頭，勉強笑了一下，又繼續吃飯。是哪，我不需要擔心成這樣，甚至，也輪不到我來擔心，我這樣告訴自己，可是卻又忍不住問：「那她有去看醫生嗎？」

「傻瓜，這個不需要看醫生，休息就好囉。」寶雯嘲笑著。

話題在這裡忽然中斷，於是我只好又低頭吃飯，寶雯則東張西望著。我不敢多看她的臉，因爲我怕自己會忍不住，去詢問她剪頭髮是否有背後的眞正原因。

尷尬的氣氛中，我很快地吃完那盤燴飯，寶雯則把那杯茶送給我。

「如果眞的生活費有困難，你大可以找朋友借錢，實在不需要跟蜻蜓吃白吐司吧。」寶雯把飲料遞給我。

「我不喜歡欠人家什麼，」我說：「欠了都是要還的。」

這句話像是給了寶雯什麼啓示，她忽然停下腳步，拿出隨身攜帶的筆跟紙，又把這句話給記了下來。

「採訪都結束了，妳還在寫這玩意兒呀？」我笑了。

「覺得有意思的話，我就把它記下來囉！」她也笑了。

爲了表示我對那杯飲料的謝意，於是我決定陪她回去，反正校門口離我宿舍很近。

「對了……蜻蜓他還好吧？」她囁嚅著。

「除了他今天因爲中午多花了二十元吃麵，而導致晚餐只剩下《辭海》可以啃，這一點比較令人同情之外，其他應該都還好吧。」我說。

寶雯笑著，她輕撥了一下耳根附近的短髮，沉吟一會兒後，說：「還記得上次在小公園，我跟你說的那件事嗎？」

我怎麼可能忘記呢？

寶雯說：「如果可以的話，請繼續幫我收藏好，你知道，這件事情對我來說很重要。」

「之於我也一樣重要。」我笑著說：「對我來說，你們都是與我有太多關係的人，所以重要。」

「嗯。」寶雯點點頭，說既然如此，那麼還有件事情要請我幫幫忙。

我回家的路上，腳步沒有自己想像中的快，結果差點趕不及跟家商女生的約會。路上蜻蜓的車騎得飛快，我只能加速尾隨。

天空已經被黑暗所吞噬，我的心也跟著陷入一片迷茫。寶雯透露給我一個消息，原來前兩天蜻蜓跟昱卉爲了聯誼又吵了一架，這兩天蜻蜓一通電話也不肯打給昱卉。

「我還以爲這問題我已經幫蜻蜓都解釋過了。」我咋舌。

「我們都只是旁觀者呀，旁觀者解釋的一百萬句話，應該都比不上當事人自己說一句有用吧？」

「是哪，」我嘆口氣，「可惜蜻蜓就是那種連一句都不肯多說的人。」

寶雯說，希望我可以幫忙勸勸蜻蜓，要他別老是這樣，她說：「我不想看著他們好，可是我更不想看到他們不好。」

說著，我看見了她臉上的落寞。

23

倘若成全一段感情，都需要有人受傷，那誰要當那個委屈的人？

幸福似乎不遠，原來卻又很遠。

抵達約定的茶店時，小趙跟她們已經喝完了一杯茶。原來窮人不只我跟蜻蜓，這些女孩也好不到哪裡去，除了小喬吃個炒飯之外，其他人都沒用餐。已經耽誤大家吃飯時間的我跟蜻蜓則連茶都沒喝，一行六個人便往中華路夜市過去。尾隨最後的小趙，他自己的車還丟在豆豆龍家的車行，現在騎的，是他媽媽的小綿羊，前面有菜籃子的那種。

「不好意思，讓妳們餓肚子了。」迎著風，我說。

「沒關係，你們是大哥級的人物，遲到是合理的。」後面的小喬冷冷地說。

我可以體諒她的不快，因爲我跟蜻蜓讓她們足足等了半個多小時。

「眞的很抱歉，我是因爲一點私事，所以才會晚了點時間。」禮貌上我還是應該再道歉。

「私事？你去活埋誰了嗎？」

「是感情的事情。」我說。

「喔，原來是情殺。」

我還能說什麼呢？在這樣一個多說多錯的時代裡。我只能告訴自己，我現在車上載的是一個怪女孩，我可以選擇緘默，但是絕對不能陪她鬥下去。所以，我決定閉嘴。

看著他們邊吃邊討論，我很想拉蜻蜓來談點昱卉的事情，但又顧慮著有外人在而不便多說，欲言又止的模樣，讓旁邊的小喬有了疑惑。

「你好像坐立難安，是擔心做得不夠漂亮嗎？」

「什麼東西不夠漂亮？」

「不一定呀，比如你可能埋完人之後，鏟子忘記帶走，也可能你沒埋好，有隻手或腳露在外面的。」

看著她漫不經心地說著，我覺得很不耐煩，用手搓搓臉，忍耐著，我說：「小姐，我不熱，別老往我身上吹冷氣好嗎？這玩笑已經過時了耶。」

「不然你給我個好理由呀，我幹嘛要浪費半小時的青春在你身上呢？」結果卻是她先生氣了。

「我說了，我不是故意的，因爲我遇到一點事情嘛。」

「我知道，感情的事情嘛。可是爲什麼你一個人的感情問題，卻要這裡五六個人陪你浪費生命呢？」

「那不只是我一個人的感情問題呀！」我也生氣了。局面劍拔弩張，她緊握著塑膠杯，我打算在盛滿紅茶的杯子飛過來時，也讓手上的香菸盒飛過去。

「什麼感情問題？」而這時蜻蜓說話了。什麼感情問題？誰的感情問題？對著脾氣正大的小喬，我有種百口莫辯的委屈，話既無法說明，辯駁也沒有意義，重重吐了一口氣，我對蜻蜓先搖搖頭，然後又對小喬說了一次對不起。

這時氣氛眞是尷尬到了極點，我拿起桌上的香菸盒，給自己點了一根菸之後，才發現自己手上原來已經挾著另外一根了。

「噗。」小喬忽然笑了出來，坐在我對面的她，非但沒有提醒我，還看我做了這麼件傻事。而那一剎那，我覺得這模樣的她眞的很好看。不過這種感覺一閃即逝，因爲我看見她手上還握著裝滿紅茶，隨時可能飛過來的杯子。

吃飽了飯，蜻蜓建議大家，不管參加聯誼的人有多少，希望我們在座這六個人的組合不要改變，我負責載小喬，蜻蜓跟小趙負責另外兩位女孩，以便遇到任何突發狀況，可以立即討論處理。

「你是公關組的人嗎？」小喬問我。

「不是。」

「我也不算是，我只是個負責寫紀錄的。」她說著，看了一下還在聊天的另外四個人，又對我說：「既然這樣，那我幹嘛非得讓你載不可？」

「嗯，我也很樂意讓眞正有格調與氣質的淑女坐在我後面。」

「哼！」

「哼哼！」

「哼哼哼哼！」

我不知道是不是哼得比較久的就算贏，但是當小趙察覺不對的時候，我跟小喬已經哼了很久了。

計畫決定，由女生負責物品的採買，男生出錢保養車子跟負責活動中的所有粗重工作。送女孩們回去之後，小趙對我們說起了他的難題：自從他的車被砸了以後，到現在一直籌不出錢來修理，所以還丟在豆豆龍他家。

「所以你打算騎這輛小車上大雪山嗎？」我問他。

雖然我的車也是五十C.C.的，但在保養與改裝之下，性能可不亞於其他一二五的車種。反觀小趙這輛媽媽車就不一樣了，我看它可能不用上到大雪山，也許光是要騎出台中市都有問題。

「怎麼辦？」他用深情款款的眸子看著我跟蜻蜓。

「怎麼辦？」我也看著蜻蜓。

站在霓虹似錦的街頭，蜻蜓望望川流的車潮，又仰看天上黯淡的星月，然後說：「人死了之後，其實什麼都不剩下，對吧？」

不待我們回答，他自言自語地又說了：「所以活著的時候也沒有什麼好計較的，對吧？佛經有云，要能『照見五蘊皆空』，意思就是什麼都是空，恩怨是空，機車也是空。」

「你是說，教小趙別想太多，就騎這輛爛車出去丟人現眼嗎？」我打岔。

「非也，佛家講究的是輪迴哪，輪迴，你知道嗎？也就是報應。」

「報應？」

我承認我這個人讀書不多，不過我還挺喜歡看蜻蜓吊書袋的，因爲當他開始東謅西扯一堆鬼道理的時候，就表示他的腦袋又開始有些什麼怪主意了。

這一晚，蜻蜓在台中市熱鬧的紅塵街頭，給我們上了一堂佛法課，他說怎麼丟的就怎麼拿回來，因爲佛陀沒時間管這些小事情，所以我們得自己出面。於是他撥打了幾通電話，問到了我們學校，那群機械科的學生在外面賃居的地方。

「沒辦法，小趙的車是機械科三年級的人弄壞的，可是我們不知道正主兒是誰，所以這報應就只好報應在他們學弟的身上了。」說著，蜻蜓從他的機車置物箱裡面，拿出了一支扳手跟一支十字的螺絲起子。

「小趙，你的車被砸壞了些什麼，今晚，我們就幫你拿回些什麼。」蜻蜓陰惻惻，奸險地笑著說。

這世界是有報應的，所以妳要對我好一點，小喬姑娘。

24

今晚，我領悟到了一個道理：原來當你自己成為事件主角的時候，你就會不由自主地把自己的行為給合理化，即使，這行為根本是錯誤的。

我們在漆黑無人的死巷子裡，蜻蜓花了不到五分鐘的時間，就從那群機械科學生的宿舍外面，輕易地偷來一輛跟小趙同款式的機車。我們把車騎到遠離案發現場的巷子裡，就由蜻蜓操刀，開始肢解它。

「他是怎麼做到的？萬能鑰匙嗎？」把風的時候，小趙問我。

「這世界沒有一把鑰匙可以打開各種車的車鎖，就如同沒有一個男人，可以把盡全天下的美女一樣。」點根菸，我解釋了一下利用機車保險絲通電原理的偷車方法。

「那會不會被發現呀?比如留下指紋什麼的?」他又問。

「我們未滿十八歲，兵役體檢之前，國家不會有我們的指紋資料，所以就算有留下指紋，警察也查不到是誰的。」

「眞的嗎?」

「我猜的。」我輕鬆地說。

就著昏暗的路燈，蜻蜓正賣力拆開外殼，拿出値錢的東西。處理車子的技巧，平常我們窩在豆豆龍家見習得多了，現在自己弄起來也頗有模有樣。附近的住戶離此甚遠，而且燈火都已熄滅，看來應該是安全無虞的。於是我叫小趙守著，自己走了進去，也來幫蜻蜓的忙。

「這是竊盜，刑事罪，抓到要坐牢。」他說。

「我知道。」

「那你還插手?碰了贓物，有事情連你都賴不掉。」他抬起頭來警告我。

「打從認識你的那天起，我就沒想過要獨善其身。」我說著，幫他把機車側面的外殼給扯了開來。

蜻蜓忽然停下了動作，他直盯著我的臉，大約五秒鐘之後，他沒再說什麼，只說:「把十字起子給我。」

蜻蜓的手法很俐落，他把一些零組件給拆了下來。我們滿手都是油污，拿完小趙需要的東西之後，我們還打算將所有堪用的東西都帶走，自己用不著的也可以便宜賣給身邊的朋友，賺點零用錢。

「你覺不覺得，我們很像殺豬的？從豬頭到豬尾巴，什麼都可以賣錢？」蜻蜓忽然笑了出來。我愣了一下，跟著也笑了。

這幽暗的巷子裡，我們坐在地上，一起放聲笑了出來，而且愈笑愈開心，像要把胸口裡所有沉積的委屈或不滿，全都給笑出來似的，放肆狂笑著，我想蜻蜓跟我有一樣的感觸，沒想到最後我們拿來證明自己存在價值的辦法，竟然是這樣猥瑣的。

「欸欸，你們小聲點哪！」巷口傳來小趙的聲音，不過我們沒理會他，還兀自笑鬧著。而就在這時候，蜻蜓的手機忽然鈴聲大作，他嚇了一跳，趕緊拿出來，卻是昱卉打來的。

這時間已經很晚了，身體不舒服的昱卉，怎麼會忽然打電話給蜻蜓呢？又或者，這時間其實是蜻蜓跟昱卉平常通電話的時候？寶雯說，因爲他們之前的爭執，所以冷戰了這幾天，那麼，現在是昱卉打算先投降，打電話給蜻蜓，跟他說什麼嗎？

由於蹲得很近，所以我可以聽見昱卉在電話那頭的聲音，她問蜻蜓，現在願不願意好好談一談。

「妳要我跟妳談什麼呢？該說的我都說了，不是嗎？」蜻蜓對我招招手，要我拿扳手給他。

「對不起。」

「妳不需要說對不起，其實錯的人是我。」他雖然這麼說，臉上卻沒有認錯的樣子。

我聽見電話那頭，昱卉又說了一次對不起，然後兩個人沉默著。我默默地把機車翻面，準備從另外一邊開始拆解輪胎。只有假裝自己心不在焉，才能避免這種尷尬。

「有很多事情，也許妳可能無法明白，但我就是這樣的人，在小公園，我已經告訴過妳，要愛我，就得愛我的全部，而這是我的其中一面。」蜻蜓說：「對不起，我很難改變我的這一面。」

「我知道。」我聽見昱卉的聲音很輕微。

昱卉的眼淚也許已經滑落了，有哪個女孩在這時候還能堅強的？只是當她又一次放棄了自己的堅持，能換來的是多久的平靜呢？我覺得這對昱卉來說不公平，可是卻沒辦法多說什麼，畢竟，這終究是他們兩個人的愛情。

我把幾根螺絲拆了下來，心裡問自己，若是我，我能爲昱卉改變多少？我猜我會選擇放棄原本的自我，變成她要的那樣子。只不過我也知道，不管我變成怎樣都沒用，因爲我不是蜻蜓。

「還有什麼事嗎？因爲我現在正在忙，我跟阿振在一起。」說著，他看了我一眼。

「嗯，那沒事了，再幫我謝謝他一次，前幾天聽他說了很多話，才讓我自己比較能想得開。」

「嗯。」蜻蜓笑著對我比出中指。

我本以爲他們會就這樣掛上電話的，結果忽然從蜻蜓的手機裡，傳來昱卉的聲音。

「蜻蜓……」

「怎麼了？」

「沒事，我只是想聽你說你愛我，不過既然你跟阿振在一起……」

「傻瓜，我愛妳。」沒讓昱卉說完，蜻蜓已經說出了這三個字。

「愛你。」她也輕聲地說。

於是我沉默了，一種打從心裡湧出來的感覺，讓我不但沒有說話，而且連心也沉默了。那是一種很複雜的感覺，許多因素交織而成的結果，使得我既無法感到嫉妒，也給不起祝福。或許正如寶雯說的，既不想看到他們的感情好，也不想看到他們感情不好，萬般都不是的我，只能低著頭，做出沒有表情的表情。

槁木死灰般的，我扭開了拴住輪胎支架的螺絲，我將自己的思緒，隨著那根螺絲，一起滾落到黑暗的深處中，唯有如此，我才能忘記剛才聽見他們互訴情愛的甜蜜言語，也唯有如此，我才能藏好自己所有的感觸。

「對了，你跟寶雯現在怎麼樣？」掛上電話之後，蜻蜓忽然問我。

我又強調了一次我跟寶雯之間的不可能，蜻蜓搖頭嘲笑我，還鼓勵我應該多加把勁。

這時的我很希望小趙能夠過來轉移我們的注意力，或者希望自己能遇到一根卸不開的螺絲，我需要設法避開蜻蜓，我怕他會察覺我說話時，聲音裡透露出來的蕭索。

但結果是令人失望的，小趙還在巷口把風，螺絲被我一根根輕易拆下，正當我覺得自己一定會被看穿心事的時候，居然是我的電話幫我解了危，那是一個沒有記錄過的電話號碼。

「妳怎麼有我電話？」聽到電話裡傳來小喬的聲音，我很驚訝。

「公關通訊錄上面有登記呀，老大。」她得意地笑著，黑暗中，我腦海裡閃過她漾起酒渦的模樣。

「不要叫我老大，老大徒傷悲，妳應該有聽過這句話。」我說。

「不然該叫你什麼？」

蹲在地上，我用沾滿油污的手指了一下鼻子，笑著說：「叫我殺豬的好了，我現在正在殺豬呢！」說著，我跟蜻蜓又笑了出來。只是蜻蜓是開心地笑，而我卻笑得很心酸。

小喬說，她只是閒著無聊，想打打電話而已，今晚她爸媽一起出去打麻將了，自己在家很無聊。

「妳無聊關我屁事？」我說。

心情不好的時候，我實在不想跟她囉唆，原以爲她會立刻生氣掛電話的，沒想到一向驕傲的她居然還很開心地說：「不關你屁事是吧？那我明天要去採買一些零食，我就不管你愛吃什麼囉？到時候我要是買了一堆你不吃的，你可別怪我都沒爲你著想……」

那一晚，我們在死巷子裡多承擔了兩個小時不必要的風險。

小喬趁著家裡沒人，自己買了六瓶啤酒，一邊喝就開始一邊打電話找人鬼扯。她跟我說了不下百種她愛吃的零食或餅乾，這些後來在聯誼的時候幾乎都出現了，而她問我的、那些我零零星星、有機會說話時說的幾種，則完全不見蹤影。

當時我苦口婆心勸了許久，要她掛上電話，給自己省點錢，也勸她別再喝了，注意身體，結果她說：「酒逢知己千杯少，話不投機半句多，難得遇見一個能聊天的好朋友，這點小酒、這點小錢又算什麼呢？」

「妳總還有別人可以陪妳聊天吧？我正在忙耶。」

「你很煩耶！」她那邊提高了音量，「聊一下天會死喔！」

對我而言，所謂的「聊天」，應該是在雙方都各有話題可以講，而且是在氣氛和諧輕鬆的狀態下，所進行的一種靜態活動。我一直到了人在往大雪山前進的路上時，腦袋裡都還懷疑小喬是不是在這個名詞的定義上，跟一般人有所差異。

「你到底有沒有在聽我說話？」

「有啦！有啦！」

「嗯，你知道陳皮梅跟紫酥梅的差別嗎？我跟你說，差別就在於……」

愛情充滿了無力感，不管愛人或被愛皆然。
比較之下，聽聽蜜餞的種類分析也許還輕鬆一點。

25

半途中蜻蜓曾打過電話到林務局，確定山上的天氣狀況，我們一行八輛機車，總共十六個人，當中沒有任何一個有駕照，這樣的隊伍要去遠征大雪山，果然是非常別出心裁。我載著小喬，蜻蜓跟小趙載著另外兩個公關組的女孩，其他人則抽籤配對，另外有兩個倒楣的男生，則因爲女生太少，只好共乘一車上山。

蔚藍天空裡，只有寥寥幾片白雲，頂著陽光，我們在一片翠綠中，順著山路蜿蜒著。小喬似乎忘了前幾天晚上她打過電話給我，還說她去採買零食時，因爲不曉得男生喜歡吃什麼，而感到萬分爲難云云。

「妳是不是有酗酒的習慣？」迎著涼爽的風，我問她。

「開玩笑，怎麼可能呢？我向來是滴酒不沾的。」她大笑著。

「滴酒不沾，意思也可能是只有一滴的話不沾，至少要一瓶以上的才喝。」我嘀咕著。

「你說什麼？」聽到了我的喃喃自語，她靠近我的背後大聲問我。

「我說天氣太好，可惜路爛了點。」我趕緊扯開話題，一來是我不想自找麻煩，二來是她貼過來時，從我背後傳來的柔軟觸感，讓我心裡忽然亂了一下。

這條曲折的山路，並沒有太多其他的分支路線，再加上蜻蜓自信十足地帶路，因此儘管我們都沒有地圖，卻還是大膽前進。

不過在走了兩個半小時之後，小趙首先動搖了對蜻蜓的信任，隨著路面愈來愈窄小而崎嶇，大家速度逐漸慢了下來，小趙趕到最前面，搖手把蜻蜓攔了下來，問他是否確定這條路就是往大雪山的。

「我認爲是，也希望是。」他說。

「但我比較想聽到的，是你說『我確定是』。」小趙帶著一點恐懼說：「因爲我們雖然可以在山上慢慢轉，可是那些醃肉可未必有時間可以撐。」

順著他的手勢看去，我看見小趙機車腳踏墊上，那一包醃製之後，準備要拿來烤的肉都已經退冰了。這事關大家今天午餐的著落，那包烤料要是陣亡的話，我們就只好吃零食果腹了。

「那我這樣說吧，我相信是。」蜻蜓一臉肅容。

「萬一不是的話呢？」豆豆龍停了車，走了過來。

我也很想知道蜻蜓會怎麼回答，但可惜的是小喬這時候插話了，坐在車上，她攀著我的肩膀，笑著對大家說：「那就讓我們看看山、看看雲、聽聽風在唱歌，來一場浪漫的大雪山之戀吧！」

「山，我家陽台看得到；雲，台中市的天空雲比這裡多更多；這一路的風聲，聽起來像是鬼哭神嚎；戀，戀，戀個頭啦！」小趙皺眉。

「不然怎麼辦呢？」蜻蜓有點無奈。

「不然你就準備表演給大家看吧！」豆豆龍說。

「要我表演什麼？」

「表演沒有腦袋的蜻蜓是怎麼飛進山谷裡面去的好了。」豆豆龍瞄了蜻蜓一眼。

這是個沒有結論的臨時會議，路上既無房舍或行人，手機也沒半點訊號，我們卡在進退維谷的窘境中。大家都被豆豆龍逗笑了，只有我臉色一陣紅，因為剛剛小喬攀著我的肩膀笑著說話時，我又感覺到背後的一陣溫暖與柔軟。

這是我第一次有這種感覺，以前不管車上是載著寶雯或昱卉，她們總是與我的身體保持著一定的距離，即使兩個人為了說話而不得不稍稍靠近些，也沒這麼貼近過。我想把這種感覺告訴小喬，不過我老覺得不好意思，況且如果小喬並不介意的話，那我的在意豈不顯得自己有點過於小題大作了嗎？所以路上我的話並不多，因爲我怕聊著聊著，萬一她又貼了上來，那麼我可能會意亂情迷到忘了機車應該怎麼騎。

順著路繼續往上走，我們穿過了一座古老的隧道，隧道中還有地層裡的水，不斷由隧道上方滴落，打在臉上，冰涼異常。而出了隧道之後，景色更爲之一變：天色已經不再是蔚藍一片了，開始有些濛濛薄霧出現在我們眼前。

「其實我也有點擔心，這條路走到現在，要我相信它會通往大雪山，比要我相信嫦娥住在月亮上還難。」我說。

「我們有非得去大雪山不可的理由嗎？」

「沒有嗎？」

「對我來說是沒有。」小喬半閉著眼睛，遙望遠處的山嵐迷濛，她說：「我只想好好地呼吸一些空氣，一些帶著自由氣息的空氣。」

說著，她又貼上了我的背，笑著拍我肩膀，「更何況，就算這條路是錯的，但至少我們算是跟著對的人出來玩，對吧？」

「對的人？」

「你開心嗎？如果開心的話，那陪著你開心的那個人，當然就是對的那個人囉！」她又笑了。

我聽著她清脆爽朗的笑聲，忽然覺得背後這女孩不只是個怪胎而已了，她根本就是個怪胎中的怪胎。對的人？到底誰跟誰是對的人呢？我認爲對的那個女孩沒來，就算她來，也不會是坐在我的車上。

又回頭瞄了一眼，小喬半閉著眼，正凝看遠方風景，我看見她微微顫動的睫毛，心裡有股不知如何形容的悸動。

「對的人」的理論我已經非常耳熟，但每次聽總有不同的感受。

而妳呢？小喬。

26

說起來這是非常好笑的理由，爲了一包醃肉，我們不得不放棄尋找大雪山的想法。眼見小趙車上那包肉已經完全退冰了，所以蜻蜓毅然決定，大家乾脆就在路邊找個空地，直接起火，弄個路邊炭烤算了。

我知道對這種路邊隨地升火煮食的行爲，有人會頗不以爲然，可是如果當你身處在海拔一兩千公尺的高山上，餓了半天，卻連自己走在什麼路上都不確定時，你就不會再去在意這種小事情了。

我們把車停在路邊空曠處，一群男生當中，豆豆龍算是對野營相當有經驗的人，於是大家公推由他操刀，負責升起今天的第一道火，而豆豆龍也當仁不讓，直嚷著說這種事情捨他其誰。

然而當我叼著香菸，幫忙找路邊的石頭，一連砌了三座烤爐之後，我回頭一看，發現不但沒有熊熊爐火，甚至連一點火星也看不到。

「這是怎樣？蜻蜓的方向感失靈，你也跟著短路了嗎？」我走過來問他。

看著這個胖子站在路邊搖頭晃腦，滿臉疑惑的樣子，大家也跟著擔憂起來，小趙那邊也嘗試過幾次，同樣連火種都無法有效燃燒，更遑論木炭了。

趁著大家在議論紛紛的時候，小喬忽然把我拉到一邊，遞給我一條曼陀珠軟糖。

「給我這個幹什麼？我手上都是泥巴。」我攤手給她看。

「我丟，你用嘴巴接。」

「小姐，戲弄黑幫大哥，可是會被分屍的喔，搞不好我們還會把妳現場肢解烤來吃呢。」我威脅她。

「要烤我來吃可沒那麼容易，你看。」說著她往大家那邊一指，順著看過去，我登時傻眼。那群愚蠢的傢伙，居然想點火想瘋了，他們把機車的油箱蓋打開，豆豆龍從自己車上拿出一條細長的塑膠管子，就這樣把汽油給引導出來，竟然妄想用汽油點火比較快。

「如果這樣火點得起來，我自願躺下去讓你們烤。」小喬大笑著。

我實在不願看到小喬那副幸災樂禍的樣子，因爲她讓我覺得我們很蠢，可是偏偏她又說對了，我湊上前一看，汽油果然燒著了，可是燒完之後，火種依然是火種，木炭也仍舊是木炭，火種沒有變成被點燃的火種，木炭也沒變成可以烤東西的木炭。

「到底是怎麼回事？」蜻蜓皺眉。

涼。

「難道是氣溫太低？」小趙瑟縮著，看得我也跟著冷了起來，這山上的氣溫果然有點

「跟我的胖無關喔，不要又說因爲我是胖子。」豆豆龍馬上替自己辯護。

就在大家的哄笑聲中，不遠處傳來機車的引擎聲，大家不約而同地轉頭看去，繞過彎道而來的是一個騎著破舊野狼機車的中年大叔，看起來就像是長期在這山上工作的當地居民。

本來我們想把他攔下來，好詢問上山路線的，可是他一見我們群聚在路邊升火，不待我們招手，就自己先把車騎了過來。站在小喬的身邊，我一邊聽著小喬說笑，一邊留意著那位大叔說什麼，就看蜻蜓他們跟他對話了幾句之後，他忽然放聲大笑，然後機車換個檔，「噗」地又騎了離開，留下面面相覷的蜻蜓他們。

所以，故事看到這裡，各位千萬別來問我大雪山到底在哪裡，也別問我肉是不是在大雪山上烤的，因爲那是個再尷尬不過的問題。

那位大叔說，我們現在人的確已經在大雪山上，不過卻是在跟大雪山森林遊樂區相反的另一邊。如果我們再繼續沿著這條路騎上個幾小時，雖然一樣到不了森林遊樂區，不過卻可以飆到花蓮。而因爲山上的壓力與溫度都與平地不同，要在這高山上，用平常的方式升火，那是永遠不可能的事情。我對氣象學或地理學並沒有特別的研究，我只是垂頭喪氣地決定放棄烤肉，想拿包乖乖來吃的時候，赫然發現整個密封包裝的乖乖，漲得像汽球一樣而已。

於是最後我們在山上找地方拍了幾張照片，證明自己來過，然後便又帶著那些烤肉用具下山來。

「妳會不會覺得我們很像白痴？」我問小喬。

「坦白說，挺像的。」她也很不給面子。

「嗯，至少在這一點上，我們取得了共識。」我嘆口氣。

八輛機車，以輕快的姿態連續滑過幾個彎道，下山的速度比上山時快了許多，一來我們希望盡快找到一個適當的地點烤肉，二來山上的天氣也忽然有了些微的變化，先是整大片的山嵐從山後湧了過來，正當我們對著這片白潮嘆爲觀止的時候，意外地發現天空的顏色也變了，原本湛藍的天空，此時蒙上了些灰，接著蜻蜓就發現整個山谷已經被霧氣所籠罩，如果這時還在山上逗留，那麼恐怕再晚一點，我們就要被大霧所困了。

順路下山，依然是蜻蜓一馬當先，弄錯路的人是他，現在他得負起尋覓地點的責任。豆龍說，山上起霧的時候，大家的行車距離得拉開，而且要留意前車的後車燈，我問他什麼理由，他說：「你騎在蜻蜓後面，要注意他的後車燈在不在，如果你發現他後車燈忽然不見了，你就得馬上停車，然後看你的手機有沒有訊號。」

「爲什麼？」

「因爲這時候蜻蜓可能眞的已經變成在山谷裡飛來飛去的蜻蜓了，你得打電話給他家人，通知一聲。」

我不知道這種理論到底夠不夠人性，不過個人認爲確實相當有道理。

「二十歲的火光，映在你柔美的臉上，淚乾的男人哪，開始了流浪的旅程……」小喬唱起了歌，歌聲細膩。我聽過這首老歌，那是陳昇唱的，可是現在聽到的卻是戴珮妮的唱腔。

「欸，不會鼓掌喔？」

「唱這麼難聽我幹嘛要鼓掌？」我沒胡說，她眞的有好幾個地方走了音。相比之下，我覺得寶雯在我車上唱得還比她好。

「而且這首歌清唱挺沒感覺的，最好能夠配上吉他。」我跟小喬說我在吉他社聽過這首歌，她很訝異我居然會樂器。

「而且好端端的妳要流什麼浪呀？」我說。

「好端端的不能去流浪嗎？我多想丟下一切，自己去流浪呢。」

「丟下一切不管，自己逃走去流浪，這樣是一種任性喔。」我說。

「黑社會大哥在講道理耶，眞可愛！」說到「可愛」兩個字的時候，她忽然一掌從我安全帽上面拍了下去，害我差點失去平衡。

「我要殺了妳！」

「哈哈哈哈哈哈……」

小喬整個人貼著我，她的雙手扳住我的肩膀，又唱起歌來，還是那首「二十歲的眼淚」。我心裡有種愉悅的感覺，開始覺得這次聯誼眞的有那麼一點意思了。

上山途中，小喬說的那兩句話我還記得，只是我不懂，當初一直認爲我們是不良少年，是校園幫派的小喬，爲什麼會忽然說出那樣的兩句話來：「也許這條路是錯的，但至少我們算是跟著對的人出來玩。」

這是我的疑問，但我還來不及問她，小喬卻已說了答案：「一開始我覺得你們一定是不良少年，會拿刀沿街砍人的那種，可是現在我覺得跟你們在一起很自由，很有一種……可以任性去流浪的感覺。」

27

我不是任性，我只想認真做我自己。

我想我會牢牢記得那一天下山之後，發生的很多事情，那包括豆豆龍騎著機車，拚死橫越半乾涸的大甲溪河床的瘋狂，還有蜻蜓自誇著要用竹竿戳魚，卻跌進岸邊水塘裡的傻樣子。

夏末的大甲溪，只剩下靠近對岸那邊的一點河水，眞不知道山上的雨露都消失到哪裡去了，或許正如小喬說的，她說：「水滴太懷念飄浮在天空中的日子，所以它們一點也不願在陸地上多做佇留。」

我不記得自己是否曾有過什麼値得懷念的日子，從小到大，我的一切都只是隨波逐流的結果。但小喬並不一樣，烤肉時，她跟我說了一個故事。

從前從前，有一對不怎麼富裕的夫婦，他們生了三個女兒，這個陰盛陽衰的家庭裡，母親是家庭主婦，偶而接受鄰居的小孩託管，賺一點小錢貼補家用；父親是個泥水工人，雖然他參與了台灣近二十年來許多重大的道路工程建設，但那份榮耀卻無法維持生計，所以喜愛繪畫的大女兒，一盒十四色的彩色筆，可以從國小一年級一直用到三年級，直到彩色筆的筆管，因爲長期添加自來水，使得顏色褪盡，裡面的泡棉都爛掉爲止。

這個家庭的經濟在大女兒長到十一歲的時候，終於因爲父親的痛風嚴重，而無法撐持下去，於是她被過繼給膝下無子，但是卻經濟優渥的另一對夫婦，女孩在這裡接受很好的照顧，過著被呵護的生活，他們給那女孩很多學習機會，讓她學鋼琴與繪畫，從此她有用不完的六十色彩色筆，自己親生的那個家庭，也獲得一定程度的經濟改善。

「不過這個家庭對孩子的管教相當嚴格，充滿了很多限制，他們要她成爲才女、淑女，帶她出國，或者到各地風景名勝去遊歷，想要增長她的見聞，豐富她的生活，可是另一方面，卻也禁絕了她去看看世界另一面樣子的機會。」

「什麼叫作世界另一面的樣子？」

「所有光明與藝術之外的世界，我都看不到。」小喬指著我叼在嘴上的香菸，說：「這東西在我後來的家裡，簡直是撒旦的化身。」

我笑了出來，有點不敢相信，我說香菸本身並不是罪過，有些印第安部落甚至認爲，香菸冒出來的煙霧，可以淨化一個人，使他們達到一種有如齋戒沐浴的效果。

「眞的嗎？」

「當然是眞的。」我說：「前提是如果奇摩新聞沒有騙我的話。」

她笑了，幫我倒了一杯烏龍茶。我接過來時，也反問她：「那妳呢？那些故事也是眞的嗎？」

「當然是眞的。」她說：「因爲前提是你好像沒有任何讓我騙的價值。」

「閣下大可不必這麼直接。」我瞪她。

大家聚在河邊，這裡總算可以順利升火。我撿拾石塊，一共築了六個爐子，然後跟小喬、蜻蜓一起窩在最角落的位置，三個人一起烤肉。至於爲什麼丟下女伴，蜻蜓說他要留下機會給那兩個倒楣得得共乘一車上山的男生。

我們笑了起來，我想起蜻蜓跟昱卉說過的話，他說這次聯誼對他而言，重要的只有大雪山的風景，請昱卉不要胡思亂想。雖然我們最後並沒有去成大雪山森林遊樂區，可是終究也還是看到了大雪山上相當壯麗的風景。蜻蜓也許眞的就滿足了，他後來並沒有跟哪個女孩聊得特別開心，坐他機車後面的那女生好歹也有幾分姿色，不過蜻蜓卻根本無視於她的存在，烤完肉之後，他居然約著幾個男生，一起下水去游泳。

看著大家在池塘裡戲水，小喬問我爲什麼不一起下去。

「第一，我只會水母飄，而我想應該不會有人想看這麼醜的水母。」我說：「第二，如果我弄濕了，待會騎車回去，坐在我後面的妳一定也會弄濕，我不想看見妳感冒。」

「沒有關係的，就算只是下去泡泡水，涼快一下，如果你想下去就去吧。」她走到岸邊，蹲下來用手撥撥冰涼的水，說：「這可是難得的機會呢。」

「對妳來說是難得，但是對我們來說並不會呀。」我笑著。

「說得也是，說得也是。」小喬的聲音漸低，我在她眼裡看到了悵然與落寞。那是一種不輕易顯露出來的孤寂，而我為此而震撼，她堅強與率性的表面底下，看來有我和蜻蜓，甚至昱卉跟寶雯都沒有的複雜憂愁，我猜想這或許跟她的家世背景有關。

而也在那一天，我才知道原來我們雖然看似一無所有，可是我們其實已經擁有很多了。過繼到葉家的小喬，她原本應該姓張，叫作張宛喬，從她那天後來的沉默，我猜她比較喜歡當雖然窮困，但是卻自由的張宛喬。

回家的路上，天色漸暗，從東勢一路飆回台中，我們車速飛快。

「今天應該可以讓妳對我們改觀了吧？」路上我問小喬。

「勉勉強強還算及格啦！我們對犯罪者的道德標準總是拉得比一般人高嘛。」

「殺妳喔！」

在家商宿舍附近的巷口，小喬臨走前，問了我一個問題：「如果讓你選，你要當葉宛喬，還是張宛喬？」

「我不知道兩者之間詳細的差別在哪裡，不過，如果我可以用十四色都沒水的彩色筆畫出我要的夢想，那麼我要六十色的幹什麼呢？」

她沒再說話，卻怔怔地看了我許久。直到蜻蜓催促著我該離開之前，小喬忽然對我說：「很抱歉你喜歡吃的零食我都沒買。」

「沒關係，下次記得就好。」我笑了。

蜻蜓說，小喬遲早會喜歡我。我說喜歡個屁。

原來她其實記得自己那天喝了酒之後有打過電話給我，也沒忘記自己問過我喜歡吃什麼零食。可是在出發上山的時候，她爲什麼要說自己是個滴酒不沾的人呢？又爲什麼要等到回來了，都已經要說再見了，她才告訴我答案呢？蜻蜓說，那是因爲她終於對我卸下了防備，打從心底接受我這個人了。

「加把勁，你很快就有機會了。一個故作堅強，驕而自矜的人，一旦你讓她脫下武裝的盔甲，她的心會比任何人都還要脆弱的。」

「可是我不覺得我做了什麼呀。」我說。

「大部分的好感都來自於那些沒什麼的什麼。」蜻蜓說著，拿起了電話，撥給昱卉。

窩在他房間的爛棉被上，我聽見蜻蜓跟昱卉聊起了今天的事情。他們聊得很開心，而我也聽得很開心，儘管昱卉不是因爲我而笑，但是我樂於分享她的喜悅，哪怕這種分享是我的一廂情願都無所謂，她快樂，於是我快樂。

28

昱卉開心，於是我就開心；小喬開心，我也會開心。

但要是哪一天她們都不開心的話呢？

對一個普通的十七歲男孩來說，電阻計算應該會比愛情簡單，因爲愛情總教人迷惘，而電阻卻有公式可以代用；但是對我們這種不大正常的十七歲少年而言，同樣都是看不見的東西，電可就比愛還要棘手得多了。教輸配電學的徐老師對我們下了最後通牒，威脅我們如果再在考卷上面亂飆答案，他就要把我們倒吊在實習工廠的那一排電線桿上示眾。

「這也是沒有辦法的事情，你們以爲逼你們念書，對你們來說是折磨嗎？」龍哥將手中的粉筆頭輕輕地上下拋動，他笑著說：「那其實是在折磨你們徐老師，他都幾歲人了，還要承擔看你們考卷看到腦溢血的可能。」

說著，我彷彿聽見「咻」地一聲，粉筆頭飛過我的上空，正中小趙的腦袋。

「我都已經在講笑話了你還睡得著，去吧，老規矩。」龍哥說。班上很多人都笑了出來，因爲大家都聽見了小趙打呼的聲音。

不過我沒有笑，不只是我，蜻蜓也笑不出來。聯誼回來之後，轉眼已經過了兩個禮拜，這半個月當中發生了一大堆教人頹喪的倒楣事情。先是我們聯誼軍團這群男生，在期中考時全軍覆沒，跟著是那輛偷來的機車被警方尋獲，因爲拋棄地點離學校很近，所以警察找到了教官室來。

「車被拆得四分五落，小偷把所有東西都拿光了，可是卻把車牌掛在車頭上，這種囂張的作風跟你們很像，說！是不是你們幹的？」主任教官瞪視著我跟蜻蜓，那模樣讓我至少做了幾天惡夢。

我們雖沒承認，不過教官也不是省油的燈，他當然看得出來我們言詞與目光同樣閃爍。正因爲這樣，所以事發之後的第三天，我在巷口買便當時，就遇見了前來突襲檢查的教官。

他根據的是當初昱卉拿給我們塡寫的學生外宿資料卡，這玩意兒果然有助於校方對外宿學生的掌控。我被押著回宿舍，情急之下只好大聲呼叫蜻蜓，要他出來奉茶待客，幸虧我的示警跟蜻蜓的機靈，所以教官上樓時，才沒搜到我們那些香菸、菸灰缸，還有豆豆龍寄放的色情書刊。

那幾天，我們過著草木皆兵的日子，既要擔心竊車案件的東窗事發，又要應付經常來「關切」的教官。最誇張的一次，是女教官忽然信步所至地晃來，她沒有搜到有關事證，可是卻從我的鞋櫃裡找出一包小喬拿給我，說是可以除鞋臭味的明礬。明礬這種東西呈現白色晶狀，無嗅無味，乍看之下像極了安非他命。

那是上次我和小趙去跟小喬她們見面，大家約在有包廂的泡沫紅茶店拿聯誼時拍的照片，小喬嫌我脫了鞋之後有腳臭，後來硬塞給我的東西。

當女教官興高采烈地以爲她終於找到了我們的犯罪證據，開心得幾乎要跳起來的時候，我只覺得人生眞是充滿了可笑與悲哀，所以我跟女教官說：「教官，既然妳完全不相信我的解釋，非得那麼堅持地說那是毒品，那麼妳就把它帶回去吧！而且爲了確定它的眞假，我建議妳不要客氣，直接拿一塊吃下去就對了。」

「你知不知道明礬吃下去會死人的？」後來蜻蜓問我。

「知道呀，但是那關我什麼事？」我說。

爲了那包明礬，我跟蜻蜓後來每天中午都得到教官室去報到，罰站一個午休的時間，理由是戲弄教官。

當昱卉穿著糾察隊的制服，氣宇軒昂地從我們面前經過時，我看見她搖頭嘆氣，也看見蜻蜓露出調皮的笑容。

聯誼之後，昱卉對蜻蜓的表現相當滿意，因爲我把蜻蜓拋棄家商美女，自己跳下水去玩的事情告訴了她。昱卉這才放了蜻蜓一馬。不過這也僅止於此而已，其他的時候，蜻蜓還是表現出一副什麼都不在乎的模樣，惹得昱卉一天到晚爲他擔心。

看著他們的相處，寶雯總是抿著嘴笑，那種感覺我懂，因爲我們是相同的心情。

「十六號。」龍哥忽然叫我，而當我回過神來時，他已經叫了好幾聲了。

「你更厲害了，睜著眼睛睡著了嗎？去做二十下伏地挺身，恢復一下精神吧！」

「報告龍哥，我受傷了，沒辦法運動。」我說。

「哪裡受傷？」

我把我的腳底板抬起來給他看。前兩天蜻蜓帶著昱卉，我帶著寶雯，四個人從台中一中街商圈走出來，想橫越馬路去吃碗冰，我們聊起了那輛贓車，正笑著說不曉得機械科的痞蛋們看到車會有什麼表情時，有一部轎車從我們旁邊直接擦了過去，照後鏡打中了蜻蜓的後腰，輪子則直接輾過了我的腳底板。

不過這種受傷的方式實在很不光彩，所以我瞎掰說是打壘球受的傷。

「打壘球？」他很疑惑，「你們不是都只會打架嗎？」

龍哥的話引起全班譁然，大家紛紛抗議著。我們班的運動風氣極盛，在這個禁止打棒球的學校裡，我們一個班居然還能自組兩支壘球隊，孰可謂之難得。

「這樣吧，我想到了一個主意。」龍哥搔搔下巴，他說：「學校的教職員也有一支壘球隊，大家正愁找不到練球的對象。現在我給你們一個機會，你們湊一隊出來打，要是能夠打得贏教職員隊，這學期我就讓你們過關，連補考都給你們免了！成績本來就在及格以上的，還各加十分！」龍哥很瀟灑地說。

「所以你們就答應了？」昱卉問我。

「我們也沒有不答應的本錢吧？」

最近蜻蜓變得有點懶惰，每次晚餐如果不是昱卉她們買了來這裡吃，蜻蜓就是找我猜拳，決定由誰跑腿去買。我很懷疑是不是我的八字不好，或者哪裡有問題，因爲幾乎每次一邊罵髒話，一邊穿鞋下樓的人都是我。

不過老天爺終究是有眼睛的，我連買了四五次之後，終於得到了補償。我手上拿著便當盒，正在找些我們吃得起的菜色時，昱卉還穿著學校制服，從我背後叫住了我。

「吃得這麼簡單？都是青菜？」她看著我的便當盒。

「嗯，妳也知道，我們這些人罪孽深重，爲了避免將來下地獄，所以我跟蜻蜓決定一心向善，我們要多吃素，少吃葷。」

昱卉掩嘴笑了起來，說我跟蜻蜓學壞了，就愛耍嘴皮子。「不過既然這樣，那你幹嘛要加那一大湯匙的肉燥呢？」

這話問得好，好就好在讓我頓時無言以對。結過了帳，我站在外面等她，今天的天氣不大好，有要下雨的跡象。本來昱卉是要來找蜻蜓一起吃飯的，因爲怕下雨，所以蜻蜓要她好好待在學校宿舍，卻沒想到還是讓我在這裡遇見了她。

近來蜻蜓都很安分，我想他也正在努力著要做到昱卉的標準吧！這陣子我們抽菸沒被抓到過，他也不再跟師長頂撞，而且每天都會在固定的時間打電話給昱卉。

有時候大家聚在一起，蜻蜓也對昱卉相當體貼。只是，看著他們愈幸福，我跟寶雯就愈無言。蜻蜓之前問過我很多次跟寶雯的進展，不過自從那次聯誼之後，因爲我跟小喬經常有聯絡，所以蜻蜓現在反而支持我去追求小喬了。

就這麼發著呆，過了半晌，昱卉推開店門走出來，卻給了我一個塑膠袋，裡面是兩塊好大的排骨肉。

「我可不是第一天認識你們兩個，無肉不歡的人要吃素，省省吧！」她笑著說。

笑著接過了排骨，往回走的路上，我跟昱卉說了壘球比賽的事情。

「學校老師這一邊的隊伍很強唷！」昱卉告訴我，老師隊的主力都是體育室的體育教師，而且據她所知，教官室那邊也有好幾位教官都很愛打壘球。

「無所謂，反正事情不會變得更糟。」我說。

絢爛的夕陽時分已經提早到傍晚六點，秋天無聲籠罩。昱卉她們知道我跟蜻蜓偷車的事情，這時特別又提醒了我，要我平常幫忙多看著蜻蜓一點，別老是讓他這麼輕狂。

「嘿嘿。」我忽然笑了一聲。

「笑什麼？」

我說這種感覺怪怪的，平常是蜻蜓在約束、督促我，要我做這個或做那個，沒想到現在卻是昱卉要我去看好蜻蜓，要我防著他幹嘛或幹嘛。

「這也是沒辦法的事情，你沒聽說過一句話嗎，『胭脂馬遇到關老爺』，什麼都有相生相剋。」昱卉說：「可惜我不像寶雯，寶雯的個性好，遇到麻煩的事情，她可以心平氣和去面對，遇到很執拗的人，她也可以苦口婆心去勸說。有時候我常常被蜻蜓氣得跳腳，也都是寶雯在安慰我，或者在幫蜻蜓說好話。」

我點點頭，這些相處上的事情我很明白，蜻蜓的個性是沒有人能勸得了的，他只能盡量做到昱卉喜歡的那樣子，但卻絕對不是完全的改變，因爲他終究還是蜻蜓。能夠忍受他的，恐怕也只有我或寶雯而已。走到叉路口，我要右轉進巷子，昱卉則必須沿著馬路直走回學校。

「有時候哪，我都覺得寶雯比我更適合蜻蜓呢，對吧？」說著，她停下腳步，對我笑了一笑，嫣然，但卻有我所不能明白的寥落。

繞了一圈又是原點，感情不過就是那麼一回事兒。
我以為愛情會比電力學好搞定，卻原來成績都一樣不及格。

29

我曾經問蜻蜓，不管是昱卉來這裡，或者是選擇出去外面玩，爲什麼不要他們兩人甜蜜蜜就好，幹嘛老是要我跟寶雯作陪？蜻蜓說：「你認爲你一定會跟小喬在一起嗎？如果不，那你幹嘛要拒寶雯於千里之外？」

「拒個屁，拒到現在我們每天都只能吃水煮麵，以前一個禮拜還有幾個便當吃。」看著小趙借我們的電磁爐，正噗嚕嚕煮著一包十八元的水煮麵條，以及兩罐最便宜的滷肉罐頭，我的眼淚幾乎都要流下來了。

我從來不去問寶雯，爲什麼昱卉跟蜻蜓的約會，只要昱卉有邀約，她就會出來。因爲我知道，這原因就跟蜻蜓約我，我就會跟著去，是一樣的道理。而這也是無論我跟寶雯接觸得再多，我們都不會發生任何感覺的眞正原因：我們的目光，其實都在我們之外的那一對璧人身上。

蜻蜓爲了昱卉，非得省吃儉用過日子，可是我呢？

「可是我呢？」我問寶雯。

那邊那一對正在卿卿我我，坐在這一邊的我們，則是楚囚對泣，莫可奈何到了極點。

「唷，我可沒有叫你要請我吃飯唷！」寶雯指指桌上的薯條說：「這可是我出的錢耶。」

「可是可樂是我買的。」

「我對你已經很好了，你要知道，一杯可樂可比一份薯條便宜得多。」

「沒錯，可是可樂我買了兩杯，薯條妳卻只買了一份。」

「不然你把上次我請你喝的綠茶還我，我就再去買一份薯條給你一個人吃。」

「妳這擺明了是坑我！」

「誰叫你要害我心情不美麗！」

這是個很不怎麼樣的週末夜晚，我們剛剛看完電影出來，那對小情人正開心地聊著，我們這兩個痴男怨女，則正在爲了薯條與可樂，以及自己的可憐遭遇而心情不美麗著。我一直收藏著寶雯的祕密，可是我自己的心事卻始終沒有人知曉。蜻蜓曾跟她們提過小喬的事情，寶雯看我揪著臉，還以爲我跟小喬之間怎麼了，在對峙一會兒之後，她問我：「我們這樣出來，你回去一定很難交代吧？」

「交代什麼？」

原來寶雯的意思是說，若非因爲她當了昱卉與蜻蜓的拖油瓶，那麼我就可以有時間去陪小喬。我聽了忍不住笑，搖搖手上的薯條，我說：「我最希望的是跟你們一起出來，不然我寧願窩在宿舍睡覺，如果非得要我出門不可，那我會選擇去掃馬路。」

「爲什麼這麼說？她不是你的女朋友？你不喜歡她？」

「她當然不是我的女朋友，我當然沒在喜歡她！」我用力擺動手腕，連那根薯條都被我搖斷了。

今晚昰卉要住在寶雯家，我跟蜻蜓則從明天開始要打工，今晚就當作是預祝我們工作順利的慶賀。不過這種慶賀方式有點讓我害怕，因爲我們已經把身上所有的錢都花光了，萬一明天工作不順利，做不下去的話，那我們可連水煮麵都沒得吃了。

「人必先置之死地而後生。」蜻蜓說。

「置你媽。」這是當時我在麥當勞，看著台中市錦繡霓虹的亮麗繽紛時說的話。

我們的這份工作很怪，不曉得蜻蜓是從哪裡找來的。我們每天都得把一箱箱的貨物，從滿滿二十尺長的貨櫃裡抬出來，那箱子裡裝的全都是塑膠收納盒。

一個收納盒很輕，可是當一大箱子裡有四十個收納盒的時候，那種感覺就截然不同了。我跟蜻蜓把貨物搬下來之後，接著就要到倉庫裡去把貨擺好。除此之外，我們要支援廠房，把剛剛完成的收納盒加上收縮膜。不是我愛說，那種悶熱的空間裡，充斥著塑膠味道的感覺，讓我覺得自己像極了躺在蒸籠裡的蒸餃。

工廠就在租屋後方的巷子裡，我跟蜻蜓放學後，換過制服就可以走過去上工。夜班工讀是每天三個小時，可以賺兩百四，工廠還提供晚餐，老闆會請人煮一大桌飯菜，給留下來加班的員工，以及夜班的工讀生吃，我猜這是蜻蜓會找這個工作的主要原因。

只是做沒幾天之後，我就覺得貪圖這一頓是沒意義的，因爲不管我們吃多少，當天晚上的工作量，總會讓我們的體力消耗殆盡，除了一身大汗之外，什麼也不剩下。

「我覺得這也不是辦法，你看，一下班我們又餓了。」有一天收工，我這麼對蜻蜓說。

兩個人從工廠大門走出來，我們決定先到便利商店去買瓶運動飲料。今天爲了趕一批明天要跟海運的貨，害得我們倆東西搬個沒完。

「而且我覺得體力反而消耗了更多，你知道嗎，現在的我連內褲都是濕的。」我拉拉自己的褲子，汗濡得我很不舒服。

「那不是正好嗎？眼看著壘球賽就快到了，這等於是在加強重量訓練。」他說著，自己也露出快要累癱的表情。

「我看不用熬到比賽，我的腿就先斷了，你忘了我們身上都還帶著傷嗎？」我說我的腳底板隱隱作痛，看樣子上次被車輪輾到的傷口又破裂了。

「哎呀，不是跟你講了嘛，置之死地，才能夠後生嘛！」在便利商店門口，他又說了一次這句話。

「置你媽。」而這依然是我的回答。

筆者云：你可以請我吃樹皮草根，但絕對別再給我一鍋白白的水煮麵。

30

生命旅程中，每個階段都有不一樣的無奈與無力，也許再過十年，我們回頭，只會覺得好笑，但在那當時，卻絕對不是這樣的。

比如我好了，電機根本不是我的興趣。我開始思考蜻蜓說的話，開始評量自己在這個領域裡的種種可能，然後我感到非常失望與悲哀。打個比方來說，我之所以能夠清楚記得AC是交流電，那純粹是因爲A這個英文字母無法一氣呵成地寫出來，兩筆畫之間有所交叉，所以我記得那是交流電；同理亦然，D這個字可以一筆直接寫完，所以DC就是直流電。

可能你會覺得這眞是個好笑的記憶方式，但那卻是我所能想到最完美的記憶法了。第一次段考時，我捧著寫了很多筆記的電力學課本，熬夜練習著各種電路圖的計算，結果龍哥給我三十五分；我把被口水泡爛的電子學課本墊在桌腳下，每個禮拜二要上課的那天早上再拿起來，結果那個老師也給我三十五分。

那你說我到底還要不要繼續認眞念電機？

不過你可別以爲我在學校只會睡覺跟發呆，前幾天下午我們還幹了一件驚天動地的大事。放學前的打掃時間，我們跑到冷凍科的教室外面去玩，那邊的傢伙把一個大紙箱給塗成了骰子，雙方各派出三個代表，大家把骰子拋上半天高，落下時的點數總合拿來相比，輸的那邊要請對方喝飲料。我跟小趙、豆豆龍聯手擲出十五點的高分，當場贏了一箱烏龍茶。

那場賭局引來很多人的圍觀，包括教官在內，不過教官沒有在現場責備我們，他只叫我們隔天升旗時，雙方代表六個人，帶著那顆已經被擲爛的骰子上去司令台，表演給大家看而已。

我說我們眞的是有爲青年，龍哥則說我們是白痴。

當然我這不是在裝可憐，我也沒有任何想要搏取同情的意思，我只是想把這些事情做個交代，好讓你明白，我的生活有多麼……多麼跟「電」無關而已。

「我覺得你很適合去講相聲。」小喬說。

這是我第二次帶女孩來小河邊，一段時間沒往這邊來，我慣常駐足的老榕樹，不知何時被修得只剩下樹頭，平整的樹幹可以當椅子坐，可是那片翠綠卻就此沒有了。小喬打電話約我的時候，聲音聽起來很疲倦，問她怎麼了，她說：「帶我去一個跟成績無關的地方，拜託，我快死了。」

所以我們來到小河邊，我鬼扯了一些我認爲的道理，還說：「我說這些的目的，是因爲我要告訴妳，生活也許很無聊，不過只要妳用心，就會發現在那些妳不得不做的事情之外，還有很多更讓妳感動的部分。」

我還拿寶雯跟昱卉來舉例，她們的成績雖然不過中上程度，可是卻因爲校刊社的活動，還有因爲愛情，而使生活增添了許多色彩。

「課業是妳最該努力的，可是除了課業之外，一定還會有更能讓妳動心的事情。就像這個快要西沉的夕陽雖然很美，可是旁邊五顏六色的雲，其實更能讓妳動心。」

我記得我跟昱卉說過類似的話，然而那時的我還有些懵懵懂懂，但現在我更明白了，也許我永遠不能改變現狀，可能我注定了只能給昱卉和蜻蜓祝福，可是我會牢牢記得，這種最初、最眞摯的心情，那才是在這片愛情夕陽的旁邊，眞正讓我念念不忘的感覺。

「也許是，不過那也得找得到自己喜歡的消遣或興趣，而且這消遣或興趣，在學校裡剛好有成立社團吧？」小喬的話題還在現實裡，她皺眉說著。

「難道妳找不到嗎？」

「我有找到呀，不過我們學校可沒這種社團。」

我問她的興趣是什麼，她說：「流浪。」

「妳一定是網路小說看太多了。」這是我的結論。只有那種不負責任的網路小說，才會用很夢幻的方式，告訴那些無知少女，流浪是一件多麼令人嚮往的事情。

「我說的流浪，當然不是你跟那個什麼蜻蜓睡在公園的樣子。」小喬說，她要的流浪是一種隨心所欲，而且充滿自由的流浪。

「這不是無知是什麼？」

「哎呀，你這種只會殺人放火的人不懂啦。我就是不喜歡我現在過的生活，我不喜歡我的時間被學校、美術班，還有家教跟鋼琴課給填滿，我討厭那些無聊的團康，我討厭上下課都只能坐公車或走路。」

「妳可以騎腳踏車或機車。」

「我不會騎，會也沒用，我爸媽他們甚至認爲女孩不該在結婚前騎車出門。」

我很疑惑女孩子結婚跟她騎不騎車有什麼關係，結果小喬說：「我爸媽說，女孩子給人家的第一印象就是臉跟身材，萬一跌傷破相，以後會嫁不出去。」

我必須以非常虔誠的心，對這片河岸夕陽說聲對不起，以往我在這裡的時候，總是那麼寧靜而平和，但是現在我卻破壞了這個傳統，我放聲大笑，差點從樹幹上面滑下來。

「而且我跟你說，你不要告訴別人。」

「嗯，妳繼續說，我負責繼續笑。」我忍著笑，努力把話說完。

「我媽說，女孩子要保持形象跟氣質，要端莊賢淑，所以我連內衣都不可以穿有顏色的。」

「內衣？」

「哎呀，就說你不懂嘛，你不知道我們學校制服很透明，從後面會看得一清二楚。」

我已經笑得岔氣了，小喬捏了我好幾下手臂，才讓我暫時止住了笑。

「照我看，妳需要的是一套盔甲，這樣妳穿什麼不會有人看見，還可以騎車出門，反正盔甲會保護妳，哈哈哈哈哈哈……」我發現我剛剛那些深情與成熟都不見了，現在的我只能白痴般的笑個不停。

望著滿天夕照，小喬沉默了一下，她收起笑鬧的心情，開始用認眞的口氣說話：「我只是覺得很受不了，爲什麼我學了那麼多還不夠，現在他們還要我去補習。」

「妳該感到高興了，至少有人願意出錢給妳去補習。」

小喬問我有沒有覺得，我們的生活受到好多限制、好多壓力，我點點頭，告訴她：「所以妳更應該想一想，在經歷了這些束縛之後，等妳張開翅膀時，妳想變成一隻什麼顏色的蝴蝶。」

「我不知道，你知道嗎？」

我說我也不知道，而後我想起蜻蜓當時提醒我的，一個鎖螺絲鎖得最快的工人，他終究也不過是個鎖螺絲的工人罷了。

「唉。」小喬嘆了一口氣，「這就是我對那天去大雪山的記憶念念不忘的原因，我好想去旅行，好想去流浪。」說著，她又一次唱起陳昇的老歌，那首「二十歲的眼淚」：「是二十歲的男人就不該哭泣，因為我們的夢想在他方……」

聽她憂鬱地唱著，我安靜無聲。小喬唱了一段落之後，嘆了口氣，用我幾乎聽不見的聲音說：「我好羨慕你們，真的。」

我不知道我的未來要去哪裡，我猜豆豆龍跟小趙他們可能也不會知道，蜻蜓說他以後要當個作家或哲學家，寶雯好像曾跟我說過，她想當個建築設計師，而昱卉……

想到昱卉，我的笑容立即又全都垮了下來，我想起前天晚上在麥當勞，昱卉對蜻蜓說的兩句話：「我沒有想過我的未來會是什麼職業，但我會在意的是我的未來身邊有誰。」

那個燈光明亮，還為現場某個小朋友播放著令人愉悅的生日快樂歌的麥當勞櫥窗邊，兩個人嘴角含笑，兩心相印，他們是蜻蜓和昱卉；另外有兩個人眼前天旋地轉，心中百感交集，是我跟寶雯。

我不知道未來的我應該去哪裡，但我希望我知道我的未來誰陪我一起走。
妳是誰呢？我的那個「對的人」。

31

「有些答案妳現在是怎樣都想不到的，努力去經歷人生，自然就會知道結果了。」迎著夕陽，我下了結論。

「我甚至連怎樣努力都沒有方向。」小喬攤手。

有時候我眞覺得自己講話愈來愈像蜻蜓了，什麼「做你想做的，也做你該做的」，這種話平常都是蜻蜓在跟我說，沒想到現在聽的人卻變成小喬。

只是那當時我沒有想到，這兩者之間其實還帶著某種程度的矛盾，甚至是嚴重的衝突。

秋老虎的威力散發在炎炎的午後，午休時間還沒結束，全班已經醒了一大半。開始有人拿起手機來打，也有人翻看漫畫，甚至還有人在吃今天中午的第二個便當。

根據不可靠的消息指出，豆豆龍最近正在暗戀某個不知名的女孩，這是小趙洩漏出來的祕密，不過眞假沒人知道，我們只看見豆豆龍正在違背他要減肥的誓言，低頭吃第二個雞腿便當。

「聽說你最近跟那個小喬走得很近？」蜻蜓拉著我到廁所，各自點了根菸。

所謂的「走得近」，那可能意味著兩個人有了超友誼的關係，也可能只是小團體之間誰跟誰的往來特別密切，而我和小喬，則如我跟蜻蜓說的：「我只是在告訴她一些你告訴過我的道理。」

「什麼道理？」

「活著，好好地活著。」

蜻蜓笑著，叫我自己小心點。「那個女孩看起來有點不大穩定，我老覺得她的成熟或堅強，乃至於那一些驕傲，都只是表象。」

「有根據嗎？」

「沒有，只是感覺。」他說：「一個人的眼神裡，很容易透出她骨子裡的不安。」

蜻蜓不是個喜歡論人是非的人，因此我反而對他的提醒有了一些興趣。不過這小子卻不再說下去了，他只說：「眞正成熟的人不會告訴你他有多成熟，眞正明事理的人也不會告訴你他明白什麼事理，我說過這只是感覺，所以就只是感覺。你看過《三國演義》吧？知道裡面有個水鏡先生吧？」

「卡通我看過，但那又怎樣？」

「嘿嘿……」

就這樣，他開始學起《三國演義》裡的水鏡先生司馬徽，對什麼都笑而不答。不管我威脅利誘都沒有用，他就是對我露出很蠢的笑臉而已。

而就在我準備一拳把「水鏡」打成「破鏡」的時候，蜻蜓卻又說話了，他沒給我什麼問題的答案，卻問我關於寶雯的事情。

「我老覺得她最近怪怪的，大家一起出去，她也難得笑一笑，你是不是對人家幹了點什麼？是不是跟那個小喬有關？」

「當然無關。」我說。

你也終於發覺事情有點不對勁了嗎？我在心裡問蜻蜓。也許一個人的觀察力可以很敏銳，敏銳到連身邊的人有什麼細微異狀都能察覺，可是如果沒有付出眞正的關心，那我想無論觀察力再好，也無法直視一個人的內心吧。

「你對寶雯有什麼感覺？」蜻蜓問我，而這時外面傳來凌亂的腳步聲。

「感覺？能有什麼感覺？我想寶雯要的應該也不是我的感覺，而是你的感覺……」

我可以很確定我的最後一句話，蜻蜓絕對沒有聽到，因爲這時走進來的是豆豆龍跟那群冷凍科擲骰子的同學們。

就看著蜻蜓跟他們熱切招呼，大家有說有笑。我蹲在角落裡，繼續抽著我的菸。看來此情此景，一些事情是不方便說的了，所以我決定快點把菸抽完，不如回教室看漫畫好了。

不過這些人來得快，可是去得也快，我一邊想著小喬個性背後的問題，一方面又想到寶雯那種哀怨到了極點的眼神，心想怎麼我認識的女孩，好像每個都很不快樂時，廁所裡的人群又散去，只剩下豆豆龍跟蜻蜓了，他們又各點了一根香菸。

現在班上最熱門的話題，已經從聯誼又變成了壘球賽，我聽見他們正在熱烈地研究著夢幻隊的名單。

而常言道：「顧此失彼」，當他們兩個聊得很開心，而我想得很出神的時候，有個草綠色的身影從廁所門邊轉出來，對著我們大喝：「抽菸！一天到晚抽菸！不抽菸會不會死！」

是的，這位矮個子的中年男人，就是我們親愛的主任教官，聽說，他是教職員壘球隊的當家投手。

豆豆龍嚇了一跳，趕快把菸給扔下，並且一腳踩熄；我扔了香菸，不過卻沒有去踩，反正這當下踩不踩熄又有什麼差別？而這時就看蜻蜓一副泰然自若的樣子，他看著教官，用非常緩慢的速度舉起挾著香菸的右手，還把菸放到嘴邊吸了一口，然後這才輕輕把香菸扔到地上，用他不合規定的鮮紅色愛迪達球鞋，慢慢踩熄。我有點膽戰心驚，豆豆龍幾乎要尿濕褲子，面對著一臉鐵青的主任教官，蜻蜓居然跟他說了一句：「嘿！教官好。」

蜻蜓哪，蜻蜓，讓我擁抱你的大腿，親吻你的手背吧！我想只有如此才能表示我對你的敬意了，眞沒想到你的白眼球竟然大到這樣令人讚嘆的地步哪！

三個人就這麼站在教官室裡，我們隔桌面對著教官站好，教官下意識地整理著辦公桌，看也不看我們一眼。午休時間眼看著即將過去，陸續開始有一些人進出，偶而也夾雜著幾通電話。從主任教官跟別人的對話聽來，我知道他的脾氣正在壓抑著，而且可能就快壓不住了。有個看起來很蠢的傢伙跑進來，問說下午的社團活動課，可不可以讓他們班去辦自己的小活動，教官瞪了他一眼，跟他說：「可以呀，等你當校長之後，你們愛幹什麼都可以，但是現在，你最好給我消失。」

我們差點沒大聲笑出來，不知道爲什麼，這當下我們完全忘了要羞愧或恐懼，竟然就只是好笑而已。

聽到我們的笑聲，教官這又抬起了頭，他看看我，看看蜻蜓，最後看看豆豆龍。正當我們準備要等著拿記過單時，他忽然虎吼一聲，大罵我們是王八蛋，然後怒斥：「滾！還站在這裡幹什麼？給我滾！我不要再看見你們三個！」

我們三個對教官的怒喝感到相當驚訝，還在想說怎麼沒給我們記過單呢，他這又罵人了：「看什麼看？不想走，想留下來吃飯呀？給我滾，滾出去！」

這是恩惠嗎？我想是的。滾就滾，滾出去總比被記過好。我們忍耐著在轉過身之後，才露出狂喜的表情，豆豆龍還高興得差點跌了一跤。這可能是本校創校以來，歷任主任教官當中，所下的最誇張的一次判決。而我們居然有幸成爲這次判決底下的幸運兒。

可是我萬萬沒有想到，就在我們轉身要走的時候，主任教官接了一通電話，他接聽不到幾秒鐘，忽然又是一聲斷喝：「慢著！周振聲你給我回來！」

我？我差點要跟教官說，那句「教官好」可不是我說的，可是教官這時候掛上了電話，他看看我，目光又掃視過一臉愕然的蜻蜓跟豆豆龍，然後問我：「你們到底還幹了些什麼事？爲什麼家商的女學生蹺課蹺家，會扯到你們頭上來？」

我瞪大了眼，像是晴天霹靂打在我的身上，家商的女學生蹺課蹺家？我有點站不住腳，也失去了回答的能力。

小喬？是妳嗎？

該做的事，與想做的事，都是我們該去做的事。

結果的好壞，則取決於哪個你做得多。

32

那天傍晚之後的天氣一直不好，台中難得地下起了秋雨，細細的風，夾雜著絲絲的雨。一個人基於什麼理由要蹺家？如果有個可以棲身的地方，誰會喜歡流落街頭？

我一路飆到北屯來，過了中友百貨，路上到處都是下了課之後，在街上遊走的學生，爲什麼有些人的生活過得那麼輕鬆，下了課可以去逛逛一中街，可以去約會，可以隨心所欲地呼朋引伴出去玩，而我跟蜻蜓卻得換上破爛的衣服，到工廠去搬卸那二十尺長貨櫃裡的塑膠盒？甚至連今天這樣跑過來，都還得拜託蜻蜓去幫我請假？爲什麼別人回到家有熱騰騰的飯菜可以吃，吃飽可以狂看電視，隨便念點書就能考到理想的成績，可是我們拿著課本算了一個晚上，輸配電學還是拿不到五分？而放下書本，我們身上還湊不出三十塊錢買一個便當兩個人吃？

我試著給自己找一些蹺家的理由，就像上一回跟蜻蜓跑到網咖過夜一樣。可是我不知道小喬爲什麼也會這麼做，她除了有良好的家庭，衣食無缺之外，還可以接受許多我們作夢都夢不到的才藝教育。什麼都沒有的人要蹺家，什麼都有的人居然也蹺家，眞不知道這是什麼道理。

聯誼回來之後，我跟小喬見過幾次面，可是卻從沒有去過她家，我們的情誼只維持在一起喝茶、吃麥當勞，還有逛台中公園的程度而已。

我打了兩通電話給小喬，一直都聯絡不到人，後來只好去翻聯誼後留下的聯絡資料，打電話給當時經常跟小喬在一起，來和我們開會討論的公關組同學。

她的同學告訴我，說小喬被教官送回家之後，始終不吃不喝，養父母沒輒，只好又聯絡小喬的同學，還送小喬到同學家，希望藉由朋友之間的勸說，給她做點開導。

「我想她大概只會聽你的話了。」她同學在電話中說。

「什麼意思？」

「不是你叫她去做她想做的事情嗎？現在她做了，禍也闖了，你自己來搞定她吧！」

小喬的這位同學，我已經見過好幾次，但卻是今天才知道她的名字，叫作佳琳。

車子停在公寓社區外，警衛問過了我的身分跟來意，看過證件之後，我本以爲這樣就可以上去了，沒想到他卻要我繼續在警衛室等候。

四處張望了一下，連守衛室都掛著水墨畫。警衛先生讓我到沙發坐一下，可是我卻選擇站著，看看那些我看不懂的畫作也好。我想這不是一個我該出現的地方，大概碰壞了沙發的一個角我都賠不起。

等了幾分鐘之後，佳琳跟小喬一起下樓，她們都穿著便服，佳琳甚至只著拖鞋。我看了幾乎傻眼，小喬弄了一個很怪的髮型，前額的劉海剪成了階梯狀，由左至右一層又一層，原本烏黑的頭髮，染了好幾撮的亮藍色。也許是我的審美觀有問題，但我眞的覺得那很像發黴。

小喬低著頭，嘟起了嘴。她的臉色很差，蒼白成一片，可是眉宇間卻還有一股英氣，那是一種……不想妥協，也不願被收編的堅執。

「介不介意，讓我跟小喬聊聊？」我問佳琳。她點了頭，聳了一下肩膀，便自顧自的走到守衛室的書報架上拿了一本雜誌，坐下來翻閱。

還不到天該黑的時間，但是烏雲已經讓外面的世界失去了光芒。沿著高級公寓的圍牆，我跟小喬安靜地走往巷口，剛剛經過時，我看見那裡有一家咖啡館。

原本就不是很懂咖啡的我，這時更沒有心情去研究，我點了炭燒冰咖啡，小喬則要了一杯維也納，然後從口袋裡拿出一包香菸。

「妳學抽菸？」我很驚訝。

「不行嗎？」

不行嗎？我也不知道行不行，或者說，應該也沒有所謂的行不行，男生可以抽菸，那女生就沒有被禁止的道理。可是在這種情形下，看小喬用生疏的技巧點著了香菸，我就總是覺得哪裡不大對頭。

「我知道你想講什麼，也知道你想問什麼，可是我什麼都沒辦法回答你，我只能說，在想了很久之後，我下了一個決定，從現在起，我想當張宛喬，當那個自由自在的張宛喬，我要眞的屬於我的自由。」

我們並肩坐在背對櫥窗的長條沙發上，從側面她吞吐煙霧的方式看來，其實小喬並沒有眞的把煙吸進身體裡，我看著她堅定的表情，大約十幾秒之後，忽然忍不住笑了出來。

「笑什麼？」她轉過頭問。

「沒什麼，」我說：「不管妳選擇姓張或姓葉，我都還是叫妳小喬，對吧？」

看她點頭，我又說：「既然妳都還是小喬，那妳姓什麼又有什麼差別呢？」

「當然有差別，張宛喬可以決定自己的髮型，可以決定自己要不要染頭髮，還可以決定今晚去哪裡混一個晚上不回家，但是在葉家，葉宛喬只能被送去學鋼琴、送去補習班。」

「是嗎？葉宛喬去學才藝也好，去補習班也好，花的應該都是葉家的錢，那張宛喬呢？張宛喬去做頭髮，去外面廝混，她花的是誰的錢呢？」

「我……」

「也許妳終於做了妳想做的事，可是妳卻沒做到妳該做的，所以妳失去了一些平衡。」我也叼了一根香菸在嘴邊，不過卻還沒點上火，我有比點菸更重要的話要說：「妳眞的覺得這就是妳想做的嗎？弄個像狗啃的髮型，再把它搞得像發黴一樣？如果妳以爲這樣做，是讓妳自己得到一種解放的話，那妳就錯了，妳做到的只是如何讓全世界的人都爲妳擔心而已。」

「全世界也包括你嗎？」她忽然這樣問我。

我停了一下，看著她圓睜的雙眼，然後點頭，「包括我。」

不管這句問答的背後，還有多少如蜻蜓預測的意義存在，我眞的覺得，她讓我擔心了。咖啡館裡沒有其他客人，窗外又開始飄落細雨，雨絲在透明櫥窗上劃出了條條細線，一切顯得朦朧。當初我跟小喬說了那些話，現在卻對她造成了嚴重的影響，這讓我覺得很過意不去，而看著她刻意改變自己的外在，卻無力抵擋現實的壓力，終於走進一個自己無法回頭的窘境時，我更加覺得心疼。

「努力做自己之前，還有很長一段坎坷的路要掙扎，慢慢來，妳太著急了。」我說。

店裡瀰漫著一股咖啡香，不斷鬆弛著我們心裡的那道牆，終於外頭的雨更大了，雨水拍打櫥窗的聲音，跟店裡播放的輕音樂融在一起。我沒說話，只用手撥撥她那設計怪異的頭髮。

而本來我叼著的那根香菸，最後終於也沒能點著，小喬的眼淚在無聲中靜靜流了下來，她的肩靠上了我的肩，她的手環住了我的脖子，她的臉，貼上了我的臉。一股溫熱的感覺，濕潤了我的臉龐。

別哭，我知道妳要的是什麼。

33

靠著椅背，我的臉上還有小喬的淚漬。女服務生很識相地等小喬暫時止住了哭泣，才把咖啡端過來，不過她的體貼並不能掩蓋咖啡難喝的事實。

「妳有沒有覺得，這眞的是個很圈圈叉叉的世界？」

「嗯，而且因爲世界非常圈圈叉叉，所以連咖啡也是這種樣子。」小喬皺著眉說：「我以後一定也要自己開一家咖啡店，而且只賣好喝的咖啡。」

「妳會煮咖啡嗎？」我很懷疑。

小喬點點頭，她說他們家有咖啡機，而且她的家人都愛喝咖啡，所以或多或少她也受了一些影響，當然對咖啡也小有認識。

「而且我一定會給我的咖啡店取一個很棒的名字。」她說著，眼裡泛出了異樣的光采。

我問她想把咖啡店取什麼名字，她說：「乾脆叫作『圈圈叉叉』好了。」

我們都一起笑了，流過了淚水，宣洩了一些委屈後，小喬似乎輕鬆了點，她把那根燒了一半的香菸捻熄，看著折彎在菸灰缸裡的菸蒂，小喬開始跟我說了一些事情。

就在我跟蜻蜓開始認眞打工之後沒幾天，小喬跟著幾個同學一起去了補習班，成績本來就只是中段程度的她，在補習班裡跟其他同學出現明顯落差，失望之餘，她跟家裡反應了情形，也希望能夠藉由自己進修的方式，來追回落後的分數。不過她爸媽一口回絕了這個想法，理由包括補習費已經預繳，而且他們也不認爲小喬自己在家會念書。

這些補習班爲了增加學生的競爭力，所以考試頻繁無比，她在那裡的成績本來是中下，幾次考完之後，她已經變下下了。

「我跟我爸說，與其去補習班接受那種打擊，不如自己念書還來得輕鬆一點，結果他居然跟我說，既然這樣，那不如不要念了，去他公司當個掃地的小妹會更輕鬆。」

「妳爸公司的掃地小妹時薪多少？」

「八十五。」

「幹。」我啐了一口，跟小喬說：「我想妳可以考慮了，因爲妳爸公司的掃地小妹，薪水還高過我跟蜻蜓去做牛做馬。」

那個晚上，小喬跟她父親起了嚴重的衝突，兩個人大吵一架，她父親氣得砸爛了餐桌上的花瓶，從沒受過這樣責備的小喬，到了半夜乾脆悶不吭聲地就離家出走了。

「所以妳就去做妳想做的事情了嗎？」

「我只是打了電話給佳琳，跟她說我想去她家借住幾天而已，誰知道……」

誰知道小喬的父親隔天一早就發現女兒不見了，急得到學校來找人，那天小喬託佳琳請了病假，自己卻坐計程車上街去，弄了這個怪髮型。小喬的父親到了學校之後，導師跟教官便把矛頭指向代爲請假的佳琳，於是一夥人匆匆忙忙趕到佳琳她家，不料卻撲了個空。

大家就這麼找了一下午，到了傍晚，幾個學校的教官，跟台中各分局的員警在執行聯合糾察時，在逢甲大學附近的商圈發現了一臉蒼白，漫無目的在閒逛的小喬。

「他們檢查我的身分證，聯絡了我爸媽，連學校教官都一起來了，大家問我要去哪裡。」

「妳說妳要去哪裡？」

「我說我要去找你。」

就是這樣，所以事情才會扯到我頭上來。小喬回到家之後不吃不喝，逼得她父母只好聯絡她的死黨，讓她暫時離開那個不愉快的家，甚至連學校都幫她請了假。而家商的教官直覺地認爲這件事並不單純，甚至懷疑是有人有計畫地在唆使小喬蹺家，所以今天中午他們教官才打了那通電話，而非常湊巧的，那時候主任教官正在吼著我、蜻蜓還有豆豆龍，叫我們滾出教官室。

「妳在補習班的事情，之前早該跟我說的。」

「說了也不能改變什麼呀？跟你說了就能讓我不用去補習嗎？你能做什麼？帶我逃走？逃到大雪山上嗎？」她揚起了聲調，宣眉看我。

「我想我最有可能的，應該是幫妳縱火焚燒補習班。」我沒理會她又要激動起來的情緒，笑著跟她說：「而且妳差點就讓我背上誘拐未成年少女蹺家的罪名。」

「你自己不也常常蹺家？」她也被我逗笑了。

我說這是環境上的差異，我跟蜻蜓的家庭環境，逼得我們不得不選擇逃離，以蹺家來作為一種渴求解放的表現，那跟她是不一樣的。

「可是我很羨慕你們的自由，至少你們可以決定很多自己的方向，可以決定自己要什麼。」

「那妳錯了，其實我們什麼也決定不了。」我想起學校那片掛了倒鉤鐵蛇籠的圍牆，「還穿著制服的時候，我們誰都談不上真正的自由。」

小喬的臉色閃過了一絲沮喪，她的頭低了下來，我在想我是否說得太絕了，看著她作怪的髮型，我想我可以體會這陣子以來，她跟我們在一起時，看著我們的生活而產生的那種羨慕。

「別老是把自由這話題掛嘴上，套句我外公常常講的，他說很多事情等我們長大了就知道了。雖然他老是看我不順眼，不過這句話我很認同。」我拍拍她的肩膀，輕輕安慰她。

趁著雨勢漸歇，我們結過了帳，走出咖啡店。巷道裡一邊停滿了車，我們挨著肩膀走著，今天的小喬看來很疲憊，形容瘦削，沒帶傘的我們，決定無視於這一場雨，就這麼慢慢地淋回佳琳她家的公寓大樓。

「阿振，」在轉角前，小喬忽然停下了腳步。「如果我這樣就乖乖回去上課，去補習，也去學鋼琴，你會不會覺得我很沒種？」

「那跟妳有種沒種無關好嗎？妳只是在做妳該做的。」我說：「妳已經做了一次妳想做的，也發現這樣是行不通的，那就只好甘願一點，回去做妳該做的了。」

點點頭，小喬又問我，那麼以後我還會不會找她。

「當然會，如果妳不怕被壞人給賣掉，而我剛好沒被抓去坐牢，那我就會打電話給妳，請妳幫我買我愛吃的零食。」

「你愛吃什麼？」

「總之絕對不會是漲得跟汽球一樣的乖乖。」我笑著。

那天的雨淋起來一點都不覺得寒冷，雖然天色昏暗，但我看到了小喬眼裡的淚光晶瑩，雨水滑落了她的臉頰，我用手指輕輕爲她拭去。

「謝謝你。」她說了謝謝時，忽然害羞得咬了一下下嘴唇。

沒再多說什麼，我只略點了個頭。繼續朝大樓警衛室走回去的路上，我的手忽然有了不同的觸感，有種溫熱的感覺傳遞過來，給了我一種怪異的刺激，那是小喬伸過手來，與我掌心交握。

這是戀愛的感覺嗎？我全身的毛細孔似乎同時擴張了，有股熱流像要從這些毛細孔迸出去似的。不過我什麼也沒說，什麼也沒做，我想我要的，只是來看看小喬，想關心她發生的事情，輕輕碰握的手，我寧願相信這是她在向我索求她現在最需要的溫暖，一種知道有人跟她是「同一國」的那種溫暖。我也用力抓緊了她的手心，我想讓小喬知道，有些肉麻的話我雖然說不出口，但希望她明白，我會一直支持她去追求她要的自由。

只不過現實往往都是殘酷的，三分鐘之後，我們互相確定的決心就面臨了巨大的衝擊。警衛室擠滿了人，幾個中年男女坐在沙發上，另外幾個穿著軍便服的女教官則環立一旁，而站在最角落的是無辜的佳琳。我聽見一臉愕然的小喬，對著一個禿頭男人，叫了一聲「爸爸」。

那之後的局面就混亂了，有人拿了衛生紙趕快幫小喬擦拭臉上的雨水，有人拿外套套在她的身上，非但沒人理會我，我還被擠到靠近門口的角落。

這些大人們把小喬捧在手掌心裡，唯恐她受風寒。看這情形，我的存在似乎有點多餘了，我想，倘若我有這麼多人關心，那我會連高興都來不及，實在沒有蹺家的理由。所以我決定就這麼悄悄離開吧，這不是個我應該多留的場合。

於是我摸摸口袋裡的機車鑰匙，心想如果現在趕回去，搞不好還可以去打個一小時的工，再賺那幾十塊錢的微薄薪資。

不過就在我走到門口時，忽然有個人一把扯住了我的肩膀，用力地把我扳過來。

「你是那個姓周的？」是禿頭，小喬的爸爸。

我沒說話，但我知道我的表情，應該就像蜻蜓面對教官時的表情。

「爸，不要！」小喬尖叫了一聲，隨著尖叫聲的，是我措不及防，臉上挨了一巴掌的清脆響亮聲。

那是一種羞辱、震撼與憤怒同時交迸的感覺，我的耳朵因爲被打了一掌而嗡嗡作響，可是痛的卻是整個人、整個靈魂。

沒有人可以打我的臉，就連我外公也不例外，在疼痛與一片金星亂冒中，猝不及防的我被打退了兩步，整個背部重重靠上了警衛室櫃檯。這位葉先生一個箭步跟上來，可是卻沒能再繼續賞我耳刮子，因爲我本能地抓緊右拳，在他又靠過來時，我已經舉高了右手，沒揮擊出去的拳頭，已經阻扼住他追擊的企圖。

「爸！不關他的事！」那是小喬的聲音。

我沒去看小喬此刻的表情，只能聽到她驚惶的叫聲。我現在緊盯著的是禿頭的葉先生，他的雙眼瞪大，表情猙獰，不過我看見他眼珠子裡，反映出來的訝異。

你以爲每個挨打的孩子都只能默默承受嗎？那是你的以爲，我的拳頭可不這麼想。

筆者云：別打小孩的臉，別打小孩的臉，真的。

34

「所以你終究沒有打他吧？」昱卉問我。

我坐在床邊，搖著頭說道：「當然沒有，那是小喬的爸爸耶，再怎樣也不能朝他頭上揮拳吧？」

「嗯，說得也是，沒揮拳都這樣了，要是眞的打下去……」昱卉搔搔下巴，做個苦笑的表情給我看。

我也笑著，笑得有點淒楚。這一拳沒揮，我得到的是一支小過，要是揮了，我大概就被退學了。小喬的爸爸被我給嚇了一跳，隔天又打電話來我們學校教官室，說我不但誘拐他女兒，甚至還對他露出攻擊的意圖。

「攻擊的意圖？」昱卉瞪眼。

「嗯，攻擊的意圖。」我用肯定的語氣幫她做確定，然後點了根菸。

因爲房間既狹隘又不通風，所以我跟昱卉走出來，站在陽台邊，一起眺望附近的天空。

「你女朋友沒幫你跟她爸爸解釋嗎？」

「女朋友？」我差點沒從陽台跌下去，趕緊跟昱卉解釋清楚，什麼人都可以誤會我，拜託，眼前這個女孩可千萬不行。

傍晚四點多的天空，已經開始有了暗沉的感覺，太陽失去了威力之後，只能懶洋洋地掛在天的一角。昱卉看我窮於解釋的樣子，微笑問我：「前幾天聽蜻蜓說，你們班那個胖胖的豆豆龍都開始交女朋友了，爲什麼你不交一個？」

我想，從一開始到現在，我應該都沒有說過「我不想交女朋友」這句話吧？臉露微笑，我努力想著該怎麼回答才好。

「這問題很難嗎？」昱卉有點不解，「我的意思是說，像寶雯，她是個很好的女孩，你們認識也很久了，她應該沒有什麼值得你挑剔的地方，又或者，我覺得那個小喬，你或許也可以試著跟她交往看看吧，因爲感覺上，她對你似乎很有……很有……」

很有感覺，是嗎？我跟昱卉的互動並不多，又加上我並不喜歡談論自己的事情，所以大部分跟我有關的消息，其實都是蜻蜓告訴昱卉的。只是，蜻蜓也不算完全了解我，或者說，根本沒有人完全了解我，爲什麼我不交女朋友？我當然知道寶雯是個沒得挑剔的女孩，我也可以感覺得到小喬對我的依賴，可是我爲什麼不交女朋友？

今天一放學，蜻蜓就跑得不見人影，而且連手機都關機了。拿著一張小過通知單，我躺在矮床上正想瞇一下時，昱卉卻忽然來了。

不用去工廠打工的日子，意外地多了一個跟昱卉獨處說話的機會，我本當感到開心才是，然而當話題從小喬家的糾紛，慢慢轉移到我無法回答的感情方面時，我卻又很希望蜻蜓快點回來，至少有他在的時候，昱卉不會有時間或興趣來關注我的這些事情。

「人的感情沒辦法永遠都那麼單純，往往都是複雜而且交錯的，會有阻礙，會有爲難，也會有很多顧慮。」我說。

「你說的是小喬的家人嗎？還是寶雯那邊有什麼問題？」站在我的身邊，昱卉問我。

她還以爲我說的是寶雯或小喬。可是我能怎麼解釋呢？應該趁這個機會坦白嗎？在高級大樓裡，我被一群人包圍著，大家虎視眈眈地望著我，高舉的右拳成爲眾人注目的焦點，那種程度的衝突，跟此刻我內心的交戰比起來，忽然好像也變得不算什麼了。

在狹窄的陽台上來回踱了幾步，我在自己心裡加了一座天秤，右邊的秤子說我該對自己的心坦白，該對昱卉坦白；左邊的則說我得繼續藏起祕密，繼續扮演我的角色。然後我審度著那座天秤，想看看秤子會傾向那邊。

「阿振。」昱卉忽然叫我。

「嗯？」

「不曉得爲什麼，我常常覺得，你是一個會讓人很想對你傾訴心事的人。」昱卉說：「以前我總以爲，你不過就是蜻蜓的好朋友，甚至冒昧地說，會覺得像是他的跟班。」

「這是事實。」我點頭。

「不，後來我發現，其實不僅只是你需要他，我想蜻蜓一定也很需要你。」昱卉斜倚在陽台邊，雙目直視著我，說道：「蜻蜓是個很有主張的人，他有太多的想法不斷產生著，可是在我之前，他並沒有太多可以訴說的對象，甚至即使現在我是他的女朋友，他也還有太多心事不會告訴我。只有你，雖然你看起來像是依附著他而存在，可是換個角度想，如果不是有你像一座水庫，那麼他也很可能會被自己不斷冒出來的思想泉水給淹死，不是嗎？所以我覺得你是一個很能聽別人說話的人。」

「也許吧，不過更可能的，或許我只是習慣了蜻蜓的嘮叨，當妳習慣蜻蜓一天到晚說個沒完的時候，妳就會覺得聽聽其他人偶而的小心事，那眞是簡單得很了。」

昱卉笑著，她說：「可是你的心事呢？」她睜著像第一次大家在7-11外面做訪談時，專注地看著蜻蜓時那樣明亮澄澈的大眼睛，不過這次卻是看著我。「那你的心事怎麼辦呢？」

我的心事呢？我心裡的秤台正在劇烈搖晃著，繞了個大彎，原來昱卉還是在問我的心事。四樓的陽台有風徐徐吹來，我的頭髮隨著飄動，這陣風看似輕柔，可是卻吹得我東搖西擺。我不知道應該怎麼回答才好，曾經，我很希望這雙大眼睛會有凝眸看向我的一天，可是我沒想到，當有一天我跟這雙大眼睛四目相投時，我不但沒辦法像蜻蜓那樣暢所欲言，甚至我還很想挖個洞躲起來。

「我曾經問過寶雯，問過她對你的感覺。」她說：「寶雯說，她對你幾乎一無所知。」在我心中的秤台尚未決斷出結果前，昱卉又說：「我知道這些話不應該由我來說，因爲立場似乎不大站得住腳，可是我還是要說……」頓了一下，她說：「你不能永遠不讓別人來認識你，也不能企圖把自己的心事永遠藏起來。」

於是我心裡的秤台徹底傾倒了，我說：「我很少談自己，那是因爲我沒有太多可以談的，我沒有女朋友，則是因爲該去追求的時機未到，也許有一天我會讓妳或讓大家知道，但那絕對不是現在，眞的。」我心虛地說。這是眞的嗎？我想連我自己都非常懷疑。

一直到了很晚的時候，蜻蜓才狼狽地回來，我被他踢開房門的聲音吵醒，才知道他去赴了一個約。

電機科與機械科的恩怨，從小趙停車被毆事件之後開始急遽增溫，大家在學校裡遭遇時總是帶著仇視的目光，竊車案雖然至今尙無眉目，但他們卻早已認定是我們幹的。今天中午，幾個機械科的人在福利社外面堵住了蜻蜓，約了他下課後單獨談話，想把事情講清楚。

「結果講了些什麼？」

「什麼也沒有。」蜻蜓笑著。

我試著想從他的眼神裡看出點端倪，但卻一無所獲，然後我在他身上東摸西搓，也沒找到任何傷口，蜻蜓被我搔得笑倒在床，我一邊搔他癢，一邊問他，到底機械科的人跟他講了些什麼。

蜻蜓說：「他們壓根就不相信我，還說他們有證據，可以知道車子是我們偷的。」

「見鬼了，怎麼可能？」

蜻蜓笑著說：「是呀，不管我怎麼解釋，他們就是這樣一口咬定，還說如果不賠錢，他們要聯合電子科的人一起來對付我們。」

「那你怎麼回答？」

蜻蜓又笑了，他從床上爬起來，拿起書桌上的礦泉水瓶子，喝了一口不曉得已經放了多久的水，又繼續敘述。

當時的夕陽正逐漸轉爲昏黃，蜻蜓的前額有汗水滑落，巷子裡沒有可以逃走的空間，人數比例也絕對不適合公平打鬥，蜻蜓這時候對著機械科的一群凶神惡煞露出微笑，他把書包帶子斜背到背上，然後擠出手臂上的肌肉。面臨著可能會遭到的圍剿，蜻蜓用銳利的目光看著他們，說：「如果你們覺得非得這樣做不可的話，我不介意多一個綽號，叫作『機械科與電子科的永恆悲劇製造者』。」

蜻蜓最近在看奇幻小說，昱卉在看網路愛情故事。
而我活在心裡的天秤崩塌混亂的世界裡。

35

我不會過問為什麼蜻蜓不找我一起赴約的理由，那肯定是基於一種十七歲少年才會理解的義氣，但是不過問不代表我就不在意，所以蜻蜓又被我搔了一頓癢，直到他滿床打滾，一頭撞上了床角，腫了好大一包之後我才放過他。

「下午昱卉來找過你。」我說著，把電磁爐插上了插頭，今天沒打工，所以又得吃水煮麵了。

點點頭，蜻蜓說他知道，在結束那個不怎麼像談判的談判之後，他有打過電話給昱卉，那時昱卉已經回到宿舍了。

「我覺得下次你要去做這種事情之前，最好先通知一下我，因為我不希望你輕率地遇害，更不希望某一個晚上，你滿身是血地來託夢給我，要我去幫你找回你被人家砍下來的腦袋。」撈起麵條，我說：「好歹你得讓昱卉知道一下，別老是讓她擔心，萬一你出什麼事，我想她也會是最傷心的人。」

拿著滷肉罐頭，蜻蜓的臉色忽然沉了下去。

「我知道，這陣子以來我已經很努力做到這樣子了，可是我有時候還是會很難接受這種事事交代的相處方式，經常都在話要說出口之前猶豫。很多事情，如果她知道了也無濟於事的話，我眞的不知道我幹嘛還要說？」蜻蜓說：「我知道我這樣講，你跟昱卉都不會認同，可是沒辦法，我就是這樣認爲的。也許，這是我跟你或昱卉最不同的地方，最大的距離。」他嘆氣。

房裡的氣氛變得很凝重，我想，不只我的心裡有一個秤子，在我們幾個人之間，更有一個無形的天秤，大家都有一定的重量，五個人形成一個均衡的狀態，蜻蜓與昱卉、寶雯；我與小喬、昱卉；還有我與蜻蜓，跟昱卉與寶雯。

有些事情只要不說開來，那麼這座多臂天秤就可以一直維持平衡。我想我是那個最複雜的角色，因爲我之於每個人都有重要的關聯，即使是與我沒有直接關係的寶雯，也因爲我握有她內心最深處的祕密，而使得我們之間有了關連。

一切都只爲了維持一個剛剛好的平衡。這是今天下午我終究沒把心事告訴昱卉的原因。現在不是時候，我希望以後也不會有那時候。只是現在，蜻蜓的話又撼動了這個和諧的關係。

「我想這可能是我跟蜻蜓最大的距離，」下午，昱卉看著遠方的天空說：「儘管我們離得這麼近。」

爲什麼兩個幾乎每天見面的情人，同時都感到彼此的心很遠呢？我有點納悶。不過說他們心的距離很遠，可是偏偏兩個人說出來的話又如此接近，這才匪夷所思。

傍晚的天空，不知何時，多了好大一片烏雲，雖然沒有下雨，但卻籠罩在我們的上空。遠處的夕陽投射過來，把這片烏雲的邊緣染成了瑰麗的橘紅，我看著混色奇詭的雲彩，視覺跟聽覺同樣迷惑著。

而過沒兩天，蜻蜓人又不見了。那個傍晚，昱卉拿著便當來給他，結果飯菜全都被吃進了我的肚子裡。

「這個人究竟是一個怎樣的人呢？我不像寶雯，可以從別人的話語裡去分析對方的感覺或心情，有時候，我經常會懷疑，到底我能不能完全了解他，甚至佔有他。」她說。

昱卉沒吃飯，倚著陽台的她，看起來淒美，卻也憔悴。我擦擦嘴角的油膩，用幾乎沒有表情的表情看著昱卉。

「就像現在這樣，我不知道他去了哪裡，他也不會告訴我他去了哪裡，像這種時候，我會很懷疑，到底他考慮過我的感受沒有。」

說著，昱卉提起了上次跟電子科學長打架的事情，原來蜻蜓一直到現在，都沒有明確地跟昱卉交代事情的始末，也沒有提過後續的發展。

「這件事情還有後續嗎？」

「當然有。」昱卉說，教官室那邊得到一些風聲，上次吃癟的電子科，聽說一直想找機會報復，甚至有人放話，說要聯合機械科的來對付我們。

「這些事情，我一直在等他來跟我說，可是……」

「也許他只是不希望妳擔心呢？」我說：「他知道這些話說了之後，除了讓妳擔心之外，對事情並沒有任何幫助，所以他才選擇不說的。」

「就像上次，你寧願睡公園，也不願打個電話回家求救那樣嗎？」看我點頭，昱卉無奈地嘆氣：「難怪你們會是死黨，都是一樣的個性。」除了做個鬼臉之外，我沒有其他話好說。

「可是，我還是希望他把事情告訴我，不管好壞，無分大小，因爲我是他的女朋友呀。」昱卉跟那天一樣，凝視著遙遠的夕陽。

「看過《神雕俠侶》嗎？在我心目中，蜻蜓就像楊過，妳就像小龍女。楊過總是闖禍，總是被誤解，而妳，雖然像是對什麼都無動於心，可是卻始終是最明白他的人。」我說。

「你錯了，阿振，」搖頭，昱卉黯然地說：「我其實只是我，我不是小龍女。」

這是一個對話非常多而且深奧的傍晚，我用盡了想像或比喻，可是卻無法幫蜻蜓解釋點什麼。我知道蜻蜓已經盡力了，可是我也知道昱卉要的不只是蜻蜓表面上做到而已，更希望的是蜻蜓打從心底對她坦白。夾在這中間的我很爲難，大多數時候，我能做的，就像這樣，傾聽而已。

昱卉說：「小龍女會始終安靜地守候在楊過身邊，等候楊過自己來跟她說那些遭遇，可是我不同，我會很積極地想參與他的一切，跟他一起分享那些快樂悲傷。可是那不代表我要掌握他，我只求能更貼近他的心，更近一點，然後再近一點。」

「然後呢？」

然後昱卉下了一個結論：「然後在我覺得我離他已經很近的時候，像前幾天一樣，又一次，他消失得不見人影，而我在這裡跟你聊天。」

昱卉回去之後，我不斷反芻著她跟蜻蜓說過的那些話，把這些話放到那座天秤上面去，想看看這些足不足以讓我們這群人的和諧出現傾斜。

我想起好久以前，有一次在自助餐店遇見寶雯，細心的她察覺出來，我對昱卉表現出了過度的關心。而現在，我要面對的是細心與敏感程度不下於寶雯的昱卉與蜻蜓，多說或多問什麼，我想都不是一件好事，於是我選擇安靜聆聽。

在昱卉放棄等待，趕在門禁時間之前回宿舍後，我這才一個人在房間裡到處亂走，有時搓搓手，有時抓抓背，甚至一度我打算把墊在書桌腳下的電子學課本拿出來翻翻。

到底我在焦躁或緊張些什麼呢？一整晚都有股想大聲吶喊的衝動，這死蜻蜓不知道跑到哪裡去了，獨處的我，很想把這段時間以來，承受的那些壓力爆發出去，那包括了無可救藥的成績、欲振乏力的未來、生不如死的經濟、亂七八糟的家庭，還有，還有我這莫可奈何的愛情。

所以我開了音樂，讓音樂聲來宣洩我的苦悶。喇叭傳送出來的是林憶蓮的老歌，一首大概已經沒什麼人會唱的「鏗鏘玫瑰」。這首歌我其實並沒有多喜歡，旋律普通，歌詞也只是還好。我記得第一次聽到這首歌，是在小喬的隨身聽。閉著眼睛，我專心地聽著音樂，直到旋律即將結束的時候，我睜開眼，對著牆壁狠狠打了一拳，把所有的煩悶，全都讓牆壁承擔吧！

「砰」的一聲，手骨疼痛，心卻暢快，而剛好林憶蓮唱完了這首歌唯一吸引我的一句歌詞，那是最後一句：誰怕誰。

然後，我打了電話給小喬，我想跟她說：不只是妳不自由，當我們都爲了未來與愛情所困時，我們眞的都不自由。

我沒有怕過誰，我只是顧慮太多，而我知道我的顧慮，其實只為了一個人。

36

「妳確定這樣眞的沒有關係嗎？」我很擔心地問。

「我現在是合法外出喔。」小喬笑著。

大白天的，午休開始前，我跑到學校側門邊。隔著鐵柵門，小喬一身便服站在門外，把一隻墨綠色的鱷魚布娃娃，從鐵柵門縫隙塞進來給我。

「這隻鱷魚很可愛吧？牠叫作阿章。」

「阿章？」

「嗯嗯。」

我把鱷魚娃娃翻了一下，繫在鱷魚腳邊的商品標示牌上面，還眞的寫著「鱷魚阿章，定價一百六十九元」，屈臣氏買的。

昨晚打了電話給小喬，她說今天是她請假的最後一天，問我有沒有空。本以爲她會約我下課後的，結果才中午，她就撥了我的手機，要我到側門來拿這隻布娃娃。

約了放學之後一起吃飯，小喬問我不用打工嗎，我說：「雖然有提供晚餐，不過吃完馬上消耗光，有吃等於沒吃，那種工作又累得半死，蜻蜓昨晚說以後不去了。」

點點頭，小喬說她要去弄頭髮，就等我消息。

看著她那頭挑染出發黴般藍色的頭髮，逐漸自我的視線離去，我抱著布娃娃，心中忽然有種失落感。小喬平常走路的姿勢不是這樣的，以往的她步履輕捷，感覺像隻敏捷的小麻雀，可是現在她的背影，卻讓我覺得她像隻落魄的鴨子。

我想這次事件給了她很大的打擊吧，在警衛室那天的衝突之後，小喬又被帶回家了，我幾乎每隔兩三天就會接到她打來的電話。失去自由的小喬，連聲音都失去了精神，說著今天看了什麼電視節目，聊著她窗外的浮雲給她的聯想，然後告訴我，原來這樣又過了一天。我不會說一些沒有實際效用的鼓勵，我能做的，只有傾聽，然後跟小喬說，好好休息幾天，快點回到學校，希望她快點恢復原來的生活而已。

有些事情現在的我們無力去改變，但至少我們還可以期待未來。我總是這樣說。

蕭索的背影早已遠去，我還抱著布娃娃佇立在鐵柵門邊，已經逼近學期末了，成績本來就只是中段的她，在缺課多日之後，還能跟得上進度嗎？懷抱著阿章的我，一邊擔心小喬的成績，一邊從口袋裡掏出了香菸，正想在這個靜僻無人的角落裡抽菸而已，背後卻忽然傳來了腳步聲。

「咳！」那是聽起來就很假的咳嗽聲，而且聲音清嫩。我沒回頭，卻立即把手上的香菸塞回口袋裡。

站在我正前方的女孩，穿著卡其色的糾察隊制服，左手臂繫著黃色的臂章，後面那兩個男生，則多了銀色的頭盔跟奇怪的綁腿。真令人感到懷疑，他們穿了這身裝備之後怎麼還能跑得那麼快，抓到那麼多抽菸的傢伙？

「學長，不好意思，請你們等我一下。」昱卉對那兩個傢伙打聲招呼，然後拉我到牆角邊來。

「你瘋啦？現在是午休時間了，你居然想在這裡抽菸？」指著阿章，她更納悶了，「這是什麼？」

「剛剛小喬送來給我的禮物。」我呆愣地說。

昱卉納悶地點點頭，她左右看了一下，像在尋找什麼，而我則連問都不用問，就直接給了她答案：「蜻蜓在教室睡覺。」

我在昱卉他們離開之後，終於還是點著了菸，看著白色煙霧緩慢飄出了圍牆，我有點無奈。昱卉說她有點事情想跟蜻蜓談談，打算等勤務結束後過去找他。他們會談些什麼呢？這陣子這兩個人對愛情都有著同樣的感覺，但那感覺的形成卻又恰恰是一正一反，弄得連我都不知所措。這些感覺要怎麼調整呢？抽完了菸，我估計時間應該也差不多了，這才帶著阿章，慢慢踱回教室去。

只是我走在安靜的校園裡，腦海中不時浮現的，盡是第一次見到昱卉那天的情景。同樣是午休時間，昱卉跟兩個糾察隊的男生經過我們教室時，蜻蜓大聲叫出她名字的那一幕。這畫面至今依然深烙我心。只是事過境遷，在經歷了很多事情以後，我想當初的昱卉，已經不再是今天了昱卉了。而我與蜻蜓，我想也不是原來那兩個無話不談的難兄難弟了。

結果我們教室一如往常，糾察隊離開之後，這裡就形同動亂中的國家，到處都亂哄哄的。我聽見小趙的歡呼聲，他手上拿著一張紙，正在不斷揮搖著，旁邊的同學告訴我，那是他們擬出來的壘球賽先發球員名單。

「他會很高興是因爲他不用先發。」同學指著小趙說。

「喔。」

「而你也應該歡呼。」

「爲什麼？我也沒上場嗎？」

「不，因爲他們決定派你當先發游擊手，而且打第一棒。」同學竊笑地說著。

「幹！」

結果我還沒走到我的座位，就被豆豆龍給拉了過去。名單上的先發十人，有一大半都是成績糟糕透頂的傢伙。沒有小趙的原因，是因爲我們要有紳士風度，沒道理派班花上場。

我瀏覽了一下棒次跟守備位置，發現蜻蜓居然是第四棒，正想恭喜他一下時，卻發現他人不在。

「蜻蜓人呢？」我隨便抓了個同學來問。

「午休的時候就不見人影了，好像又跟機械科的人出去了。」豆豆龍在旁邊回答。

我心中暗叫不妙，機械科的人怎麼三天兩頭來找蜻蜓？難不成眞的如昱卉所說，他們不肯善罷甘休嗎？而且剛剛昱卉說她中午執勤結束後還要過來找蜻蜓，那不就撲了個空？

手上的那張球員名單不知何時，已經被大家拿過去傳閱了，我呆呆地站在人群裡，望著蜻蜓空無人坐的座位，心裡有很不好的預感。

「後來呢？」擺出一個很慵懶的姿勢，小喬幾乎是整個人趴在桌面上，她交疊的兩手掌剛好拿來墊下巴。

後來其實也沒什麼，蜻蜓在下午第一節上課鐘響前回到教室，機械科派出來的兩個代表對他下了最後通牒，要他承認偷車的事情，並且做出賠償。蜻蜓這次沒說出類似奇幻小說的台詞，卻直接在對方的面前打了一個大呵欠，還跟對方要了一根菸抽。

「他沒挨揍嗎？」小喬很訝異。

「就算是二比一，妳認爲妳能赤手空拳打贏電機科夢幻壘球隊的當家第四棒嗎？」

「喔。」

窩在佳琳她家附近的那家咖啡店，跟上次同樣的位置，我們並排坐著，不過今天沒下雨，小喬的心情也還不錯，而咖啡除了味道香之外，依然是那麼難喝。小喬只喝了兩口，就放棄那杯藍山了，她說了跟上次同樣的話，說她以後一定要開一家咖啡店。我沒說什麼，甚至連笑都笑不出來，因爲我包括明天的便當錢，就這樣通通花在兩杯難喝的咖啡上面。

小喬趴了一會兒之後，改成靠背的方式半躺，她的頭髮傳來一陣清香，那是已經整理過的髮型，削短又修齊的結果，讓她看起來像個俊俏的小男孩。

「這樣不是很好嗎？在一定的規範之下，妳還是可以保有妳的特色。」我故意嗅了一下，直呼好香。

小喬咯咯地笑著，忽然把頭偏了過來，就直接靠在我的肩膀上，還把鱷魚阿章抓過來捏手捏腳的。我沒有拒絕她，就像一起騎機車時，我沒抗拒她喜歡整個人趴過來的習慣一樣，我覺得那會讓自己顯得心裡有鬼，而且小題大作。不過身當此刻，音樂聲輕揚，咖啡香瀰漫時，我卻因爲這個女孩身上的香味，想到了另一個女孩。

傍晚離開學校前，昱卉打了電話給我，她的聲音很落寞，也不肯說她怎麼了，卻只是苦笑了幾聲，要我提醒蜻蜓，午休時間別到處亂跑，然後順便要我轉告他，記得他們有約而已。

我不知道蜻蜓跟昱卉有什麼約，也不知道事情到底發展到了何種程度，可是我知道，當一對情人，已經走到了要由第三者來傳達事情的地步時，那他們之間肯定問題嚴重了。

「我覺得，這種感覺很棒唷！」小喬忽然開口，打斷了我的思緒，「就這樣就好，沒有人打擾，沒有人囉唆，感覺很自由。」

「可是我一想到我明天沒飯吃我就高興不起來了。」我哭喪著臉。

沒理會我的抱怨，小喬繼續說：「佳琳今天問了我一個問題喔，她說，看我們之間的關係，她覺得我們很像是情人，一直問我是不是呢！」

有沒有哪位神明是掌管平衡這種東西的？有的話麻煩來幫我一下，我的下巴快掉了。

愛情裡，平衡不是一個人的問題。
甲影響乙，乙影響丙，然後全世界就什麼都亂了。

37

我覺得我已經陷入一個極端的混亂狀態了。小喬剛剛說了什麼來著？我甚至連頭都不敢轉過去了，只能大口吞著自己的口水。今天因爲中午吃了肉絲麵，剛剛又點了飲料，所以這兩天我就沒有多餘的預算可以吃飯了，但我想我還不至於餓到出現幻聽的程度，可是剛剛小喬說什麼來著？像情人？

「佳琳說，只有情人才會有這種依賴，只有情人才會有這種牽掛，也只有情人說出來的話，才會具有那樣的份量。」我無言地沉默，小喬一邊搓弄著鱷魚阿章，一邊說著：「可是，這樣就是情人了嗎？」

時間在緩慢流動著，我看著白色的熱氣，從咖啡杯蔓延上來，不斷帶走它的溫度。小喬似乎對這些都沒留意，她只是說著她想說的話。

「我對自己一直不是很了解，在自己的想法與別人的觀點之間，有時我會感到很大的壓力，當一群人出去玩，大家都選擇最便捷的交通方式時，我卻想要用走的；又比如當大家都坐在狹窄的補習班裡，努力計算著關稅換算法則時，我卻非常非常希望再到你帶我去的那條小河邊；當全世界都覺得我們可以在大人為我們撐開的保護傘下成長時，我會很想去看看溫室外面的世界。」

由於小喬的背正靠著我，所以我伸手無法觸及桌上的香菸，想挪動身體去拿，又怕打斷她的話。

「這種矛盾，從我開始懂事之後，就不斷困擾著我，到底我是該為了誰或什麼而活著呢？難道像阿章這樣，被製造跟販賣，到我手上又送給你，現在被我這樣拉手拉腳的，它就會很快樂嗎？所以我經常參加活動，很努力地看了很多課本之外的書，希望找到支持我想法的理論。」

「妳找到了嗎？」我看到阿章的腦袋已經幾乎快被一百八十度地扭轉了。

「幾個月前找到了。我在大雪山上找到的。」

我無聲，幾乎連呼吸都放到最輕微的程度。

「你給了我一個很開闊的視野，讓我知道原來在這個世界上，我不孤單。」

看著我，小喬仰起了頭，與我四目交投，她輕輕地說：「我不知道我自己是不是真的開始喜歡你，甚至也不知道我是否其實已經在喜歡你，不管怎麼樣，我都想要跟你說，謝謝你，阿振。」

需要跟我道謝嗎？我露出了一個微笑，沒接受這個道謝，卻也沒拒絕它。我只是帶點感傷地微笑，用手搓搓小喬的新髮型。

不曉得該怎麼說話時，我們最好安靜，有些話說出來可能太傷人時，我們最好也先無聲。所以我只有微笑而已。

「你知道什麼是世界上最烏龍的愛情嗎？就是你很喜歡一個人，可是你什麼都不能說。看著她的喜怒哀樂，你很想參與，可是你沒資格；而正當你認爲這世界眞是不公平，活得實在很窩囊時，忽然有個你一直覺得她很奇怪的女孩出現了，這個女孩有很可愛的酒渦，聲音很甜，送你一隻布娃娃，甚至還把你當成生命中的導師，然後說她覺得她自己喜歡妳。個人認爲，世界上最烏龍的愛情故事莫過於此。」我說著，擦了一下額頭上流下來的汗水。「如果可以的話，麻煩你回答一下好嗎？我已經說了這麼多話，你好歹也應該給我一點回應，對吧？」

可是阿章沒有理我。一個人安靜地跑完五圈操場，我癱在看台區休息的時候，很認眞地對著阿章說話，可是不管我說了再多，它永遠都只有一個發呆的表情。

我很意外那天在咖啡店的最後，自己居然會答應小喬，以後不管去哪裡，只要身上方便的話，就把阿章帶著走。所以今天它被我放進背包裡。到了操場之後，我將它拿出來擺好，讓它看著我一口氣跑完兩千公尺，然後不顧週末在校內運動的那些人的訝異眼光，我開始對阿章喃喃自語。

艷陽下，我覺得很孤單。

眼前是一個禮拜後要進行比賽的場地，待會還要練習揮棒，我掀起衣服的下襬，抹去了流到眼睛裡的汗水，然後抽了一根菸。

又瞄了一眼阿章，我苦笑著自己居然落到了只能跟一隻布娃娃講話的地步。曾經我跟蜻蜓是無話不說的死黨，我們曾經一起流落街頭，曾經一起抵抗別人的拳頭，也曾經一起在回家的路上，享受小河被污染之後散發出來的臭氣。

任何事情，我們都可以一起努力，齊心合力去完成它，而惟獨愛情不行。當我們的目光都集中在同一個女孩身上時，我們之間就出現了隔閡。只是我也知道，這隔閡是我自己製造出來的。蜻蜓壓根不知道我喜歡昱卉，所以他從來不會介意跟我談論昱卉的事情。

「阿章，你知道嗎？其實你的主人，我，是個心地狹窄的小人。」我捧起了阿章，對它說：「我把自己的心給關了起來，裡面藏起了一個很糟糕的祕密，然後還自以為自己很重要，以爲自己可以幫助一群人維持平衡的關係。」

學著小喬捏弄它手腳的樣子，我繼續跟阿章說：「我喜歡我死黨的女朋友，可是我一定要澄清一下，我是在他喜歡她之前就已經開始喜歡的，只是我沒說出來而已。你知道有話不說的結果是什麼嗎？就是像我現在這樣，進退兩難，而且尷尬得要命。」

忽然，我覺得阿章的表情好像有點變化，它似乎露出了一種嫌惡的樣子。

「你不要瞧不起我，別以爲鱷魚布娃娃就不會談戀愛，也許哪一天你會跟我一樣悲慘也不一定。世界上跟我一樣心情的人其實很多，你知道寶雯阿姨嗎？對了，就是剪短了頭髮，經常把我說的話做成筆記，還老是問人家心情美不美麗的那個阿姨呀，她也跟我一樣，喜歡她好朋友的男朋友。有一句成語叫作『同病相憐』，我跟寶雯現在的處境，眞的很適合這句成語，可是偏偏就有兩個笨蛋呀，你知道是哪兩個笨蛋嗎？就是我喜歡的那個女孩，跟寶雯喜歡的那個男孩呀，他們居然還希望我因此而去追求寶雯呢！」

說著說著，我開始覺得好笑了起來，話匣子一開就沒完沒了，我說：「你覺得我有可能喜歡寶雯阿姨嗎？不可能！沒錯，你眞是隻聰明的鱷魚！我不可能喜歡寶雯，因爲她沒有給我那種弱水三千一瓢飲的感覺，不管她再好，我都無法對寶雯有任何感覺。你知道的，跟小喬比起來，我對小喬還更親近一點，對吧？所以比較起來的話，我當然更可能選擇小喬，而不會選擇寶雯呀！」

手上的香菸不知何時早已燒完了，我把菸蒂隨便丟在地上，用雙手抓著阿章，用很認眞的口氣對它說：「不過不管是寶雯或小喬都一樣，你知道的，不管我們走到哪裡，要做什麼，那都沒有關係，重點是我們跟誰一起走或一起做，愛情裡沒有絕對的幸福或悲愁，愛情裡，眞正值得去在意的，只有身邊的那個人，是不是那個對的人而已。」

我緊緊抓住阿章的手腳，嘆了口氣：「我剛剛就已經跟你說過了，我是個卑微而懦弱的小人，我偷偷摸摸蓋了一道牆，把我跟我的死黨給區隔開來了，我這麼做的原因，是因爲我害怕，怕他知道我喜歡他的女朋友，那個叫作徐昱卉的女孩。」

今天的天氣非常好，是個適合吹吹涼風，到處走走的好天氣。看台區附近一直有人來回走動，他們的影子有時會經過我的身邊，我知道那些影子的主人一定對我感到深深的恐懼，誰會敢接近一個不停對著布娃娃講話的男人呀？

也正因爲如此，所以我幾乎是沒有顧忌地滔滔不絕，到最後甚至把昱卉的名字都講了出來。只是我沒想到，在我講出「徐昱卉」這三個字的時候，我會聽見一聲輕微的驚呼。

「你……」

這聲音絕對不是阿章的聲音，因爲阿章根本不會說話。那瞬間，我感到無比的寒意從背後侵襲而來，有個影子被投射在我面前，這影子好像已經存在很久了，所以影子的主人應該也在我背後站了很久了。

我不敢回頭，不敢回頭。

「阿振……」

那聲音有點哽咽，那是「徐昱卉」這個名字的主人的聲音。

原諒我沒有回頭的勇氣，愛情裡，真正有勇氣的人本來就不多。

38

這是第一次，我覺得手上的壘球棒有這麼重。把阿章跟手套都塞回了背包，一手拎著球棒，一手抓著包包的背帶，我走在昱卉後面。彼此都安靜著，這種感覺好像一個在外面做壞事的孩子，被母親帶回家時的模樣。

我們穿越好幾棟學校的建築物，慢慢往後門走。經過了電機科的實習大樓時，我抬起頭來仰望屋頂，直到那次因爲丟菸蒂而被教官發現之前，那兒都還是個抽菸的好地方，我曾經在那裡收藏起一個祕密，只爲了那當時，蜻蜓比我早一步說出了他喜歡昱卉。

跟著經過電機大樓的穿堂，這裡的正上方就是科辦公室，那是我們第一次跟昱卉講話的地方，我還記得當時的她，看起來如此戒慎，也還記得當時的我們是多麼羞赧，那時我們正在被罰半蹲。

夕陽逐漸西沉，秋天的風捲動了地面上的落葉，但是卻沒有一片能眞的乘風上天，順著落葉飄飛的動線，我看向了建圖科的教室，那裡曾有一次驚天動地的大事發生，至今仍爲在校學生所津津樂道：有兩個電機科的男生，用一隻五彩斑斕的大蜥蜴，震撼了一個教室裡的三十多位女同學。三十多個平常矜持儀態、注重形象的女孩拔腿狂奔的歷史，可能這幾年之內無人可以改寫。想著想著，我忽然笑了出來，可是這笑容停留不到三秒鐘，我已失去了笑意。

走出了校門口，到了7-11，以前擺在這裡供人休憩的桌椅，在歷經夏天的幾次颱風之後，已經被撤除了，我惋惜於無法再找回當初我們坐在這裡的痕跡，卻惦記那時昱卉專心聆聽蜻蜓高談闊論時的模樣。

那個昱卉，是現在只讓我看見背影的這個昱卉嗎？我忽然停下了腳步，記憶的河流瞬間止住，我輕輕地叫了一聲她的名字。

夕陽西垂的時空裡，甩過了一縷長髮，回過頭來看我的女孩，妳現在心裡想著些什麼呢？

「對不起，有些話我一直沒有告訴妳。」我說。

「沒關係。」她淡淡地回答。

眞的沒關係嗎？如果眞的沒關係的話，妳的臉上爲何有如此複雜而幽深的表情呢？我早知道昱卉是個喜怒很少形於色的人，可是正因爲如此，反而更加深我的不安。

「很高興聽到你說的那番話，我傍晚出來散步的選擇是正確的。」昱卉說著，臉上神色卻不見什麼欣喜。或者我應該說，也沒有不悅。

背靠著7-11的櫥窗，她拉了拉小外套的衣領，天氣逐漸轉涼之後，昱卉纖瘦的身影更顯單薄。我們無言地躊躇著，過了良久，她才輕輕吐出兩個字：「謝謝。」

「謝謝？」

「能被一個人喜歡，不是一件值得喜悅，而且應該跟這個人道謝的事情嗎？」

「嗯，雖然如此，可是妳知道，我要的並不是妳的道謝。」我下意識地輕輕擺動手上的球棒，不過那似乎沒能稍減我的惶恐。

「我知道，可是我現在能說的也只有……」

打斷她想極力做出的解釋，我笑著說：「沒關係，眞的。」是眞的沒關係，若我曾對她貪求什麼，我就不會直到今天才讓昱卉發現我的心事，當然也更不會是這種原因而被她發現。

「愛一個人應該要大聲說出來，愛不了的時候則應該大方地給予祝福。第一個我做不到，至少第二個我還可以，我雖然不要妳的道謝，可是也沒有想要妳給我什麼答案。」我苦笑著說：「我只是覺得很圈圈叉叉……居然這樣也被妳聽到我在自言自語。」

我們相隔的距離很近，就這樣面對面站著，我想這是我唯一能夠說得出來的話了，而除此之外，恐怕我已完全沒有主張。聽我這樣說完，昱卉又陷入了好長一段時間的沉默，那是只有像她這樣沉著冷靜的人，才有可能做到的長時間沉默。

「阿振，眞的很對不起，因爲太過於突然，我實在不知道我現在應該說些什麼……」

「那就先不用說，好嗎？」能不說最好不要說，因爲我也不敢聽，我怕聽到什麼會讓我更驚慌的答案。昱卉努力說出這幾句話時，我看見了她因爲呼吸急促而不斷起伏的胸口，想來她也很不知所措。

離開前，我買了兩瓶養樂多給昱卉，因爲寶雯說過，昱卉喜歡喝這個。把養樂多遞給她的時候，我又跟昱卉叮嚀了一下，希望她不要跟寶雯提起這件事情。

「嗯，我不會讓你難做人。」她允首。

「還有蜻蜓那邊……」

沉吟了一下，昱卉帶著無力的聲音說：「我想現在也不適合跟他提這些吧，我跟他之間，一直都還有一些老問題解決不了。」

點點頭，我沒再說話。看著她的背影遠去在陰暗的遠方，我的雙腳失去了站立的能力，整個人蹲了下來。這是我們最後確定的答案了嗎？也許還沒，但也許已經預言了某些結果。

「你摔車呀？不會吧？頭腫得像顆籃球耶！」回到宿舍，蜻蜓已經在家。我指著蜻蜓額頭上的瘀青問他。

「什麼摔車？你是不是被誰給甩了？臉臭得跟大便一樣呢。」蜻蜓一邊冰敷著，一邊回話。

強忍著十分鐘前的沉重，我打起精神。蜻蜓正抓著一包冰塊按住腦袋，半躺在床上看書，書名很怪，叫作《舞舞舞》，是村上春樹寫的。

「好看嗎？」

「好看。」

「有露嗎？」

「有。」

然後我點點頭，蜻蜓把書本闔起來，問我知不知道藝術與色情的差別。

「你說說看。」我懶得回答這種屁問題。

「就像打架一樣，英雄式的格鬥好比藝術，混混的廝打則如同沒水準的色情。」

「可是色情比藝術精采。」我說。

「沒錯，打群架絕對比單挑更刺激。」

這種無聊的對話很有趣，不過卻不適合我現在的心情。蜻蜓把冰塊拿下來，告訴我一件事情。今天下午他一個人跑去台中市的書店看白書，回來時，在宿舍外面的巷口被電子科的人給堵上了。對方就是那個不知名的學姊的男朋友，當然還有他另外那個同伴。我記得他們是一胖一瘦的兩個人，可是卻已經搞不清楚到底誰才是學姊的男朋友。

猝然遇襲的蜻蜓，頭上挨了一拳。不過比較起來，我眞正擔心的是對方的生命安全。

「他們還活著吧？」

「暫時是的。」說著，他又翻開了書本。

拉把椅子，我反過來坐著，看著蜻蜓專心看書的模樣。我的好哥兒們哪，我該怎麼開口說出那些煩擾我心頭的事情呢？我能夠像過去一樣坦然嗎？還沒完全熄滅的香菸，從菸灰缸裡依舊冒出裊裊輕煙，飄過我的面前，我抓了抓頭髮，長嘆了一口氣。

「嘿！」蜻蜓忽然把書丟開。「我已經決定了。」

他突如其來的舉動，讓我有點小錯愕。蜻蜓說：「這幾天我想了想，下個學期應該會搬回家吧！」

無視於我的訝異，他繼續說：「在外面，我雖然獲得了前所未有的自由，但相對的，我們也始終爲了經濟的問題在煩惱。一個人連飯都吃不飽了，還能有什麼夢想呢，對吧？」

「所以你要搬回家？」

「這是很主要的原因。」把那包已經開始融化的冰塊丟到角落，他說：「這些感覺有點紛亂，不過簡單地說，我只是想證明自己。」

用手掌支撐著下巴，我做出了一個「請繼續說下去」的表情。

「你應該也清楚，你跟我在電機的世界裡是沒有前途的。」他說。

嗯，我沉痛地點頭，先不管我的情形，蜻蜓的才華的確都跟電機沒什麼關聯性。

「所以我也跟你說過，我要去考大學，我不要把生命浪費在沒有意義的電阻電容計算裡，文學或哲學，那才是我要的。所以我要做的事情很簡單。」停了一下，他用非常嚴肅的口氣對我說：「我要去證明自己究竟有沒有所謂的才華這種東西，如果有，我還想看看自己能夠將它發揮到什麼程度。」

蜻蜓那精光迫人的眼眸震懾了我。這是我第一次看到他的目光如此炯然，那讓我覺得畏懼，也自慚形穢。於是我明白蜻蜓想搬回家的原因了，儘管家庭生活很糟糕，但至少他在家裡不用煩惱三餐，將會有更多的時間，去走他想走的路。

「你呢？我說過，不管發生什麼事，不管未來怎麼變化，我希望我們都是最好的兄弟，最好的夥伴。」看著我，蜻蜓問我：「阿振，你呢？」

我呢？我不知道，眞的不知道，因爲我完全沒有想到我的未來是什麼樣子，我現在想到的，是昱卉。如果蜻蜓要放棄原本的一切，那昱卉呢？

如何證明一個女孩在男孩心目中的地位？
看他是先想到自己，還是先想到她吧。

39

最近龍哥變得很愛小考，答對的分數可以併入平時成績，答錯的也不會列入全學期評分考量。這樣做的目的有二：第一是幫大家爲明年的入學測驗做準備；第二個原因，則是龍哥自己存了私心，他說他深怕我們課業沒念好，壘球又打輸，要是不幸被留級的話，他明年還要看著我們上課睡覺、偷吃便當……還有練習寫情書，那個人是豆豆龍。

關於胖子的愛情故事，已經超出了我們訴說的範圍，而且我一直拿這件事情當笑話看，所以不說也罷。

比賽的前三天，進入了最後操兵階段。這是我們高工念到現在，全班最團結的一次。幾乎每個人都全程參與練習。每天放學之後，排定先發的隊員都要集合練球，以培養默契，練習賽的對象則是班上的二軍。

而我之所以說「幾乎」每個人都全程參與，那是因爲有個人經常缺席，他是蜻蜓。

已經有一段時間，我們未曾四個人出遊了。自從上次無意間透露了自己的心事之後，已經好幾天沒有昱卉的消息。蜻蜓既不曾提起她，也沒再約著出去玩，哪怕，只是簡單的一起吃飯都沒有，這小子最近經常一個人出去，要嘛窩在書店看書，不然就是直接跑到市立圖書館去。

而我，我想我終究還是缺乏勇氣的。因爲好幾個晚上，當我跑完操場，拖著疲憊的腳步回到宿舍，看見蜻蜓房門大開，但人卻不在的時候，我拿著手機，望著昱卉的電話號碼，卻怎樣也撥不出去。

沉悶地窩在房間裡，除了偶而有小喬打電話來找我聊天之外，我總是安靜地一個人玩著蜻蜓的那把破爛木吉他，任由思緒飄浮。原先我以爲蜻蜓每次出去都是去跟昱卉見面，帶著她到處跑的，可是我錯了。

最近我沒跟昱卉碰面，可是卻在福利社遇見了寶雯兩次。第一次因爲趕著上課鐘響，我們在頷首招呼後各自離去，第二次則有了交談。

她的頭髮一樣短，不過黑眼圈卻愈來愈重，人也清瘦了不少。我在排隊買肉絲湯麵的隊伍裡，看見她走了進來，原本抬起來要打招呼的手，卻在舉起時無力地又放下去，不小心洩漏了她的祕密，這件事讓我對寶雯懷有相當程度的愧疚感。躊躇間，卻是寶雯發現了我。

「好久不見。」她給我一個笑容。

「嗯，是好多天沒見了。」原來微笑還可以分成這麼多種，她是無奈，我是愁苦。

人群不斷前進著，福利社的阿婆舀麵的速度奇快，我被後面的人推擠著往前，可是寶雯卻沒跟上來，她只是站在原地看著我。

後來我索性連麵錢也省了，走在禮堂旁邊的花徑間，寶雯問我最近心情美不美麗。

「老實說，挺不怎麼樣的。」

「怎麼了嗎？」

「不用擔心，都不是什麼大事情。」我趕緊搖手。

從花徑走了出來，繞過禮堂，慢慢走向教室。今天的陽光一如過去刺眼，可惜我們的臉上卻都失去了本該洋溢的青春氣息。

「怎麼連你也變得這麼憂鬱呢？我還以為只有昱卉跟蜻蜓在鬧彆扭，他們最近很少見面了。」她感嘆。

「我再也沒有，堅強的理由……」走到教室大樓的穿堂時，寶雯忽然輕輕唱起了歌。蜻蜓跟昱卉談戀愛之後，我們四個人經常混在一起，這段時間以來，我聽過寶雯唱了許多歌曲，有時她很認真唱，有時則只是隨口哼哼，那些歌我幾乎都不記得了，但唯有這首，我卻銘刻於心，因為這是我聽她唱過的第一首歌。

「寶雯。」我停下了腳步，在這裡我們要走往各自的方向，電機科教室在樓上，建圖科則在一樓。

「嗯？」

「有許多事情我不知道應該如何對妳說，因為這已經不只是妳，而且也是我的事情。我們四個人之間……」我掙扎著開口。

「阿振，沒關係，你可以不用說，我想我其實是懂你要說什麼的。」她卻微笑。

「什麼？」

走回教室的路上，我的腳步很沉重。寶雯跟我說的話不斷迴響在腦海中，她說：「還記得有一次我在自助餐店遇見你，請你喝了一杯綠茶嗎？從那天起，我就懂了。」

寶雯的語氣很平靜，目光也很溫柔，「我一直以爲你可以把心事藏得比我好，不過現在看你的樣子，我就知道你也受不了了。」

給我一個微笑，她說：「在這場四個人的愛情角力中，你我同是輸家，我們輸在不夠勇敢去表達自己的感情，但他們也不是贏家，因爲追求夢想與自我的蜻蜓，忘了身邊有昱卉；而一心只想跟隨蜻蜓的昱卉，則忘了她還有她自己。生命是一場華美的旅行，可惜我們經常迷路；愛情需要的不只是機會，更多的時候還得要有勇氣。」

我想起來，那天，寶雯是來幫身體不舒服的昱卉買便當的，而我，我表現了太多不該我表現出來的關心。

「所以，趁現在我要跟你說，如果能放棄，就快放棄吧，別像我，到最後連全身而退的機會都沒有了。」

看著她瘦得不成人形的模樣，我覺得很心疼。寶雯之於我如同一面鏡子，在她身上可以看見自己的愛情。也許我能避免，但我想我會選擇跟她一樣的結果。

「周振聲！我沒叫你罰站，你在那裡幹嘛？」教室裡傳來導師的聲音。

只是，難道這樣就算是豁然而解了嗎？爲什麼寶雯那當時也不說開呢？走到教室門口，我往裡面看了一眼，蜻蜓正在跟小趙聊天。如果連不常見面的寶雯都看得出來，那每天跟我混在一起的蜻蜓豈不是更加心知肚明？難道我藏了好久的祕密，原來早已昭然若揭？

這是什麼世界呀？

「周振聲……」

我想我最好釐清一下自己的頭緒。我知道寶雯喜歡蜻蜓，寶雯早看出我喜歡昱卉，然後昱卉知道我跟寶雯的祕密，但是她不會說出去，所以剩下的問題就只是蜻蜓了。

這時候蜻蜓一拳打在小趙頭上，又伸手過去抓了他一下胸部，小趙發出女孩般細膩的尖叫聲。教室裡亂成一團。

「周振聲你再不進來就不用進來了。」

蜻蜓哪，蜻蜓，你到底在想什麼呢？我忽然覺得，原來最難懂的不是女孩的心，有時候，悶起來的男孩比女孩更教人費解。

如果眞如我所想的，當一切都已昭然若揭，那我是不是應該更明白一點去面對自己的心情了？過去的我總在曖昧不明間徘徊，現在我是否該朝著確定的方向去了？

可是我的方向到底在哪裡？

「周振聲……」

悶起來的男孩會比女孩更難搞。
雨過未必天清。
然後我又被罰半蹲了。

40

「你應該用手套接球，而不是用頭接呀！」

我的額頭一陣痛，整個人坐倒在地上，小喬跑了過來，幫我檢查腦袋。壘球雖然沒有棒球硬，不過從半空中飛過來，打中腦袋的時候，還是可以打死人的。

「恍神呀？」她把手遞給我，將我一把拉了起來，要我到樹下坐著休息，順便檢查我頭上腫起來的好大一包。

星期六的下午，小喬蹺掉了補習班的課，本來約我看電影的，不過卻反而被我找來練球。電話中她說練球無所謂，但卻要我帶阿章來。

所以現在我坐在阿章旁邊，小喬則蹲在我面前。

「幹嘛忽然呆住呀？」幫我搓著額頭，小喬問我。

讓我瞬間失神的原因有很多，可是卻沒有任何一個可以獨立存在，這些原因全都交雜在一起，有些甚至還糾葛不清。

「小喬，妳是一個很有勇氣表達自己感情的人嗎？」我忽然問她。

「爲什麼這樣問？」

「只是隨口問問，妳是嗎？」

「如果是的話，我想我現在應該已經有男朋友了。」她像是心不在焉地回答，不過臉上的笑意卻退去了。

一邊練著傳接球，我一邊在胡思亂想，所以才會漏接。從沒摸過壘球跟手套的小喬，是我最好的練球對象。因爲我的守備位置是二壘，這個防守位置會遇到各式各樣的球，有的平飛，有的滾地，在這種爛場地，則還會有不規則彈跳，小喬投球沒有準頭，時高時低，剛好符合我的要求。

「什麼是不規則彈跳？」

「就是妳以爲妳一定可以接到球了，可是球卻忽然跳開，或者彈起來打得妳頭破血流的那種。」

「這裡的場地也會這樣嗎？」看看中興大學操場上的草坪，她問我。

「有可能。」

拍了一下我腫痛的額頭，她笑著說：「那好，爲了加強你的守備能力，我們來玩個遊戲。」

「遊戲？」

「我隨便亂丟十個球，你要是漏接的話，就要說你愛我。」

「妳頭殼有洞喔？這算什麼遊戲呀？」

看著我，小喬說：「換我反問你呀，你是對自己的守備沒有信心呢？還是你跟我一樣缺乏勇氣？」

要命，作繭自縛了。我心裡想。爲什麼小喬會突然提議要玩這樣的遊戲？是否我剛剛的問題裡露出了什麼馬腳？從來沒跟她提過我對昱卉的感情，我想她應該不會知道才對。或者，是剛剛她的回答，而我沒有表現的表現，讓她覺得自己應該幫我製造一個機會，好讓我有機會對她告白？

拿著手套，我慢慢跟她拉開距離，兩個人相隔大約二十公尺，我很猶豫是不是應該開始這個遊戲。對面是笑得有點僵硬的小喬。萬一我漏接掉任何一球的話，我該怎麼辦？手套裡的手握得很緊，我開始流汗。

第一顆球滾過來的速度很慢，我略略彎腰就接到了球，然後做了一個往一壘方向傳球的動作，虛甩了一下手。我們只有兩個人，沒有一壘手可以搭配練習，阿章可不會接球。

跟著第二到第六顆球，小喬都故意把球往地上砸，讓球因爲地面而出現一些不規則彈跳，不過也因爲角度不對，所以球速都不快，幾個趨前或退後，我都能輕鬆攔截。

「你騙人！根本沒有打到你的頭！」站在離我二十公尺遠的距離，小喬喊著。

「我叫妳傳球，不是叫妳拿球往地上砸，這樣的球沒有速度，彈跳也沒有用的。」

小喬嘟起嘴，我彷彿還看得見她的酒渦，那酒渦漾著一股可愛。

「周振聲是大笨蛋！」嚷著，她猛然給了我一個高球。不過這一球她脫手得有點早，雖高而不遠，我還往前跑了幾步，被我接殺。

「第八球，無敵美女球！」這次她改成四十五度角側投，球完全偏離方向，我往旁邊跑了好遠，按照球場守備位置來看，應該已經到了一壘手的防區了，才把球給攔下來。

「不要亂丟，妳丟給鬼呀？」我喘著。

「管你！」從球盒裡拿出一顆球，在我奔回自己的位置前，她又把球擲了過來，不過這一球眞是甜到不行，我剛好回到原先站的位置，輕輕抬手，應聲接殺。

「啊咧？」她愣了一下，我則直接笑了出來。

「妳只剩一球了。」

「閉嘴，我在思考！」

最後一球出手前，小喬猶豫了很久。這一球要決定她的幸福嗎？於是她望著我，而我也望著她。

有些後悔於我不該在之前問了那樣的問題，弄得我現在自己進退兩難，最後這一球我到底要不要故意漏接？

這個場面讓我覺得很弔詭而且尖銳，右手虛抓了一下，然後甩了甩，戴著手套的左手，則扠在腰間，我看見小喬微微咬著下唇。

妳是一個缺乏勇氣的人嗎？不，比起我來，妳已經勇敢得太多。不管追求的是什麼，生活也好，愛情也好，我想妳都比我勇敢得太多，因爲我到現在，都還在猶豫著自己該怎麼做。

我明白妳在大雪山找到了什麼，也明白妳要阿章在妳不在時可以陪我的這點意義，可是我什麼都說不出口。生命是一場華美的旅行，可惜我們經常迷路；愛情需要的不只是機會，更多的時候還得要有勇氣。

寶雯的話從腦海裡閃了過去，而小喬做了一個投球前挪動腳步的動作。

妳已經準備好了嗎？我望著小喬，她朝著我，投出了角度很漂亮的平飛下墜球，順著勢，球在離我大約五公尺遠的地方落地，那是我可以很輕鬆接下來的球。

彎低了腰，我把手套擺在胸前，做出了最標準的接球準備動作，當我撈到球的時候，是否一切就算抵達終點？從此我們就只是最要好的朋友？

結果它不規則彈跳了。

球滾過來的時候，似乎碰到了草地裡的石頭或凹洞，原本規則彈跳的球忽然失去了方向，就在我眼前倏地轉彎，往旁邊跳了起來，而且速度忽然變快了。

一種很本能的反應，我往球滾過去的方向跑，就在白球要穿越防線時，我整個人撲了過去。

我們的選擇都一樣，妳選擇是否要勇敢地問我，我在熱鬧的中興大學操場上，聽見了小喬心裡問我：「阿振，你愛我嗎？」

當我撲倒在地，把左手伸到最長，感覺到有東西滑進手套時，我彷彿也聽見了自己心裡的話：「對不起，我可以是妳最好的朋友，可是我喜歡的是昱卉。」

愛情需要的不只是機會，更多的時候還得要有勇氣。
但有了勇氣未必足夠，有時候鼓起了勇氣，得到的可能只有遺憾而已。

41

「現在登場的是一棒開路先鋒周振聲，請大家爲他加油！」小趙拿著體育室借來的擴音器，正在向全操場上圍觀的群眾轉播比賽。我終於明白他不想排自己先發的原因了，因爲打球的時候，如果你不是站在打擊區或投手丘，那根本沒有人會注意到你；可是如果你手上拿著擴音器，那別人想忽略你也很難。

拎著球棒走上前來，已經熱身完畢的投手，是今天沒穿軍便服的主任教官，他用不可思議的表情看我，一副難以相信我會是第一棒的樣子。

我抬眼看了看，陽光正對著我斜射過來。下午兩點半的時間，小喬在做什麼呢？這時間的她會乖乖地去補習嗎？或者就像那天練球時她說的，要再去把頭髮剪得更短一點呢？我抹去了臉上的汗水，甩了一下手上的棒子，發現平常用得很習慣的球棒，今天似乎重了些。

投手給了我一個好球，而我沒有揮棒。

那天，我走回她的身邊。

「對不起。」我低著頭。

「算了，我早該明白的。」小喬把手套裡的手抽出來，將手套還給了我。

走到樹下，我拎起了阿章，靜靜地看著它。

「勇敢，也未必能得到自己想要的愛情，對吧？」小喬走在我的後面，她的聲音憂傷。

「既然這樣，那我們為什麼還要勇敢呢？」

涼爽的微風吹拂著，我聽見風中有她的哽咽。

「我很願意陪妳去找妳要的自由、妳要的夢想，可是我想我無法幫妳完成妳要的愛情，小喬……」背對著她，這是我所能做到最勇敢的程度。

「那就請你轉過身來，給我一個擁抱，好嗎？」她說。

而今天，主任教官的臉，跟他那身球衣，這兩者實在很難搭得上邊。教職員隊的每個人都穿著壘球裝。而我們電機隊則窮得可以，我腳下只有一雙一百元，俗稱「跑路鞋」的白色布鞋，豆豆龍甚至穿著內衣就上場了。

我在一好球之後，接連放過了兩個壞球，跟著一球擦棒成了界外，又記一次好球。按照壘球規則，兩好之後要是再擊出擦棒界外球，會被判好球出局。

我環伺了一下操場周圍，今天下午來看球的人還不少，聽說有些學生甚至開了賭局，要賭電機夢幻隊跟教職員隊的這場世紀對決。

今天比賽雖然打的是壘球，可是為了增加刺激性，所以我們決定採用部分棒球規則，要打滿九局才分勝負，而且不按照壘球賽裡，打者一上場就先算一好一壞的球數規則，一切全都歸零計算。

站在打擊區，我的目光不斷搜尋著，想看看台上有沒有認識的人，從左到右，然後我在操場旁的籃球架那邊，看見了熟悉的身影，那是昱卉。只不過當我看著她的時候，她卻是看著我後方的休息區的。

昱卉在想著什麼呢？蜻蜓說要搬回家的那些決定，她已經知道了嗎？我猜是知道了，因爲昱卉的表情比平常更加愁苦，雖然沒有流淚，可是那種悲傷卻明明白白表現在臉上。

「好球！」

結果我被三振了。

走回休息區的時候，大家紛紛發出嘆息。我在蜻蜓旁邊坐下。

「你剛剛分心了。」蜻蜓沒看我，卻是對我說話。

「嗯，抱歉。」

「無所謂，這場比賽對你對我來說，應該都不是最重要的事情。」他拿出根菸，無視於另一邊休息區投射過來各種訝異或憤怒的眼光，蜻蜓居然點菸了。

「昱卉來了。」我提醒他。

「我知道。」他只淡淡地回答了一句。

知道昱卉來了，可是卻不打算過去跟她說話嗎？這是爲什麼呢？

「你很納悶嗎？」他又是目光看著遠方地問我。

「不只是納悶而已。」

「嗯，我也是。」他說著，站起了身。

球場上，我們的隊員已經攻佔一、二壘，看樣子我的被三振，並沒有對士氣造成太大影響，蜻蜓打第四棒，現在正是他發揮的時候。

再轉頭過去，昱卉已經不在籃球架附近，我看見她坐在看台區，旁邊多了寶雯。

縮在小板凳上，我不需要注意球場上的動靜，光是聽同學們的聲音，就可以猜測得到戰局。大家接連幾聲驚呼之後，忽然爆出一陣喝采，看來蜻蜓有不錯的表現。

他剛剛問我是否感到納悶，我的確是納悶。爲什麼蜻蜓可以如此冷靜地抽菸，卻不過去昱卉那邊？他知道昱卉正看向這裡，但何以連個眼神的施捨都不願意？

而且蜻蜓說他自己也很納悶，他在納悶什麼？是對自己的未來感到茫然的那種納悶，還是因爲他自己也無法走出這場愛情所帶來的困境呢？這種氣氛很詭異，跟球場上激烈的拚戰一樣，空氣似乎達到一種飽和，我老感覺有什麼事情要發生的樣子。

想著想著，我站起了身，成爲休息區裡最明顯的目標。可是那依然吸引不了昱卉的目光，她依舊盯著蜻蜓的身影，而蜻蜓現在人在二壘。

結果給我微笑的，是寶雯。

而寶雯這淡淡一抹微笑，又讓我想起那天的小喬。

「謝謝你，阿振。」讓小喬緊緊擁抱著我，我則輕輕環住她的背。

「很遺憾，我只能給妳這麼多。」

「已經足夠了，從開始到現在，已經足夠了。」她流下的眼淚，沾濕了我的上衣，一陣溫熱的感覺貼在我的胸口上。

這個擁抱是我唯一能給的，至於承諾，我說：「從現在到以後，我都會支持妳，去做任何妳想做的事情，也許無法是愛情，但至少我可以是妳最要好的朋友，好嗎？」

「你會支持我做任何事？」

「只要不是壞事。」我想起她前陣子既學抽菸，又蹺課染髮的那些勾當，趕緊加了註腳。

「嗯，」她抬起頭來看著我，「繼續喜歡你，應該不是壞事，對吧？」

我在四局上半時再度上場，這次我沒猶豫，看準了第一球就出棒，結果一棒把球撈到左外野，因爲壘球規則裡沒有所謂的全壘打，所以我跑到了規定裡最多的二壘。

比數現在是三比三。那三分裡有兩分是蜻蜓剛剛在第一局打回來的。

剛剛走出休息區的時候，蜻蜓對我說了幾句話，他說等等他要先走，如果可以的話，希望能提早結束比賽。

「你以爲我們的對手是國小學生嗎？我們不要被提早KO就不錯了吧？」

「放心，我們會贏的。」看著計分板，他說。

「你很篤定？」

「你信神嗎？」結果他反問我。

我說我不怎麼信，因爲在我最倒楣的時候，往往出現的都不是神，而是教官。

蜻蜓笑了一下，他說：「我信，因爲我就是我自己的神。神可以決定並且掌握命運，而我的命運掌握在我手上，所以我是我自己的神。」

這時小趙的廣播器裡叫到了我的名字，拎著球棒，我用疑惑的表情看著他，蜻蜓笑了出來，他說：「這是小馬哥說的，典故出自周潤發主演的英雄本色。去吧，笨蛋。」

我們眞的能夠掌握自己的命運嗎？我很懷疑。因爲我踏上二壘壘包之後，我的下一棒馬上出現了一次糟糕至極的雙殺打，讓我在三壘前面飲恨。

「我覺得你在唬濫我。」拍拍撲壘時沾上的一身灰，我回來對蜻蜓說：「我剛剛的命運你也看到了，根本不是我能掌握的。」

「壘球不行，愛情總該可以。」

「可以嗎？」我瞄他。

「當然可以，只要你告白的時候，擁有跟你撲壘時一樣的勇氣，你就可以。」沒理會我的目瞪口呆，他又點了一根菸。

這世界太瘋狂了，不管愛或被愛都一樣。

42

球賽競爭的白熱化，與我心裡的激盪，都同樣從第四局開始。教職員隊在龍哥的安打後，開始了一連串的搶分作戰。我們的外野被打得灰頭土臉，每一棒都擊出長打，一連丟了五分。我在游擊手的位置，蜻蜓則站在一壘，我們兩個連摸球的機會都沒有，只能負責抬頭看球飛過去而已。

「穩著點，慢慢投啦！」蜻蜓對著投手丘上的豆豆龍喊著。拭去額上的汗水，我有種不妙的預感，落後這樣的強隊有五分之多，而比賽只剩下一半，我們眞的會贏嗎？蜻蜓雖然不是隊長，不過他身兼最重要的第四棒跟一壘守備大關，隱然有指揮全場的氣勢。我們大家都望向他，蜻蜓則看著我，對我豎起了大拇指，那表情像是在告訴我：「我們會贏。」

其實球從我頭上飛過去也好，我可以有多點時間讓自己冷靜下來，好想想蜻蜓跟我說的，那充滿暗示性的話語：愛情跟壘球一樣，只要有撲壘的勇氣，就有掌握結局的機會。一直以來，我跟蜻蜓最大的差異，就在於他做事明確果斷、勇氣十足，而我容易舉棋不定。認識了兩年，我們已經是莫逆之交，這一點，他比任何人都清楚。

「游擊手！」捕手大叫了一聲，讓我回過神來，一個白點從我面前直竄過來，那是個很不怎麼樣的滾地球，我在接入手套之後，本能地先傳二壘，再由二壘手傳給一壘的蜻蜓，完成一次雙殺，讓教職員隊三人出局，也算是報了上一局我被雙殺的一點小仇。

「等一下大家往一壘方向打，只要把球推出去就好，他們的右外野手比較嫩。」

「跑壘的時候積極一點，大家跑得太慢了。」

回到休息區，幾個人七嘴八舌地討論起來。我本想跟蜻蜓說幾句話的，卻見他往籃球場那邊的看台晃過去。

他終於願意面對昱卉了嗎？那邊昱卉也站了起來，而寶雯則給了他們獨處的機會，慢慢往我這過來。

「怎麼回事？」我看見昱卉緊咬著下唇的模樣。

「不知道，不過看來不大美麗。」寶雯走到我的身邊來。

「我其實有點搞不懂現在的狀況，好像一切都失控了。」我呢喃著。

「只怕從來也沒有誰是眞正地能控制自己的情感吧？」寶雯嘆息。

「妳覺得會是什麼結果？」

「你說呢？」

我的眼裡已經看不見其他觀眾了，全世界像是只剩蜻蜓跟昱卉。蜻蜓的手插在口袋裡，而昱卉用眼淚說出了她的心情。

「我想那結果都不會是我們希望的結果。」我說。

把阿章從我的背包裡拿出來，這隻墨綠色的鱷魚娃娃，身上已經沾了不少灰塵。我將塵埃拍去，遞給了寶雯，跟她說，這是一個女孩送我的禮物。

「是小喬，對吧？」寶雯準確地猜出正確答案。

趁著教職員隊正在浴血苦戰，抵抗一波由豆豆龍發起的攻勢之時，我簡單地說了一下我跟小喬的事情。

「就算用拚命撲壘的勇氣去經營愛情，結果也未必眞的能功能圓滿，如果這份愛打從一開始就不對等的話。」我說：「我們五個人，變成了一個大漩渦。」

「造化弄人？」

下了。

「是呀，造化弄人。」嘆了口氣，我把阿章託給寶雯，拿了球棒準備上場。

兩出局之後，打擊的是第九棒，現在比數變成八比六，壘上還有兩個跑者，我得準備一下了。

拿著球棒走出來，我腦袋裡想起小喬，還有那天我們說過的一些話。

「你介意我問爲什麼嗎？」小喬問我。

「什麼爲什麼？」我擦去了她臉上的淚水。

眼中看著球場上風雲詭譎的戰局，腦海裡忽然浮現那天我跟小喬最後的對話。那漫長的擁抱之後，我們收拾了東西，往興大男生宿舍旁的側門慢慢走了出來。

「可不可以告訴我，爲什麼你要接住那第十顆球？」

向晚的風吹上被汗溼透的衣衫，我覺得有點冷，跟小喬窩在一家賣豆花的小店裡，我說了一個故事，故事從有一天傍晚開始，那個傍晚跟今天很像，看得見斜陽，吹著陣陣微風，有一個穿著軍便服的傢伙，帶著糾察隊在小河邊執行糾察勤務，那天，我發現原來綠色有時候也表示危險。

從那個下午開始，我們進入完全不一樣的人生，經過許多輾轉，直到現在，弄得大家各藏心事，而且疑神疑鬼。

「而且更糟糕的，是我現在完全沒有主張。」我說我能確定的實在太少了。

「至少你確定你喜歡她，那個叫作昱卉的女孩，對吧？」

「嗯，我是喜歡她。」帶著歉疚，我低聲說。

「跟自己的好朋友喜歡上同一個女孩，這是很辛苦的事情。」她說。

「如果我把這個故事告訴蜻蜓，他以後一定會把它寫成小說。」我苦笑著。

跟我一起笑著，小喬談起了她眼中的蜻蜓：「這個人很像一陣風，沒有人知道他在想什麼。這一刻好像爲了聯誼的事情孜孜矻矻，下一分鐘好像又爲了什麼在汲汲營營，眞讓人搞不懂他。」

這樣的人不好嗎？我說我一直很羨慕蜻蜓，因爲他總是知道每一分鐘的自己要幹什麼，不像我，吃吃睡睡也過一天。

「這樣的人可以做生意，可以搞革命，要登陸火星應該也沒問題，不過如果要當男朋友，我覺得他一定不會及格。」

「爲什麼？」

「你覺得他會把女朋友放在心裡的第一位嗎？」

那時的我跟現在的我一樣發愣，然後我忽然明白了一件事情，原來我跟蜻蜓最大的差異處，不是什麼果斷或猶豫，而在於我們對愛情的觀點。

「Strike out !」小趙尖銳的喊叫聲傳來。一個好球進壘，第九棒被三振出局，結束這一局比賽，於是我得等到下一局才又上場打擊了。

回過頭來，把球棒換成手套，我看蜻蜓還沒有要回來的意思，所以幫他拿了他的手套，要寶雯過去叫他。

「妳把手套拿給他，叫他準備上場守備。」

「喔喔，好。」

「還有……」叫住了急忙要跑過去的寶雯，我停了一下，說：「有兩句話我怕以後可能沒機會跟妳說，所以我想現在告訴妳，妳可以也轉告昱卉，因爲我想那對我們都有幫助，是小喬跟我說的。」

「什麼話？」

「把愛情放在第一位的人最難得到幸福，因爲對方未必跟你一樣。」看著早已失去了當初的風采，瘦削得令人心疼的寶雯，我說。

> 把愛情放在第一位的人最難得到幸福，因為對方未必跟你一樣。

43

我後來的兩次打擊都交了白卷，一次是平飛球被接殺，另一次則是滾地球被刺殺出局。蜻蜓的狀況則一直維持在相當的水準，不過他的臉色則難看得嚇人。從昱卉那邊離開之後，他總是獨自坐在角落抽菸，擺出「想死的人可以過來找我講話」的表情。

昱卉她們還在看台區，不過我想大概也沒心情看比賽了。寶雯手上的面紙不知道已經被昱卉用掉了幾包，地上都是被淚水沾濕的衛生紙。

「如果那些眼淚可以被收集起來，我想已經是滿滿一缸了。」順著我的視線，小趙看了過去，他說：「愛情眞是一門複雜的學問，學費則是眼淚。」

全班同學都知道蜻蜓跟昱卉的戀情，可惜的是大家的祝福並無法幫助他們走向圓滿的結局。我只是意外小趙在播報比賽的百忙之間，居然還能察覺到這些小小的動靜，還眞不愧是最有女人味的男人，心思之細膩，果然不同於一般的男孩。

八局上半我出局之後，蜻蜓又是一棒送回壘包上的兩名跑者，加上後來他也回到本壘得分，現在我們反而以九比八領先。

「剩下最後兩次守備，守下來，這學期我們電力學就過關了！」豆豆龍開心地說。

「阿振。」蜻蜓忽然叫我。

「沒什麼事的話，我要先走了。」他看了一眼球場上的動靜，然後點了根菸。

「欸，這樣不好吧？」我說因爲還有兩次守備機會，萬一被突破防線的話，還是有可能會輸球的。

「球要是越過我們頭頂飛過去，那任憑你我再厲害也攔不下來；球要是從內野滾過來，你是游擊手，至少有一大半的機會都會往你那邊過去，而我知道你守得住。」他叼著香菸，用輕蔑的眼光看著教職員隊，說：「讓他們的不敗神話畫下句點，讓他們知道我們不是一無可取的廢物，八局下來，其實我們已經做到了。」

點點頭，我看得出來，比賽打到後半段，教官跟老師們看向我方的眼神已經改變了許多。原本大家都以爲電機夢幻隊會被打得潰不成軍，但誰能想像得到現在我們還領先一分。

「我還有點事，要先走了。」

「去哪裡？」我皺眉，心裡那股奇怪的感覺幾乎滿到了最高點。

「昱卉的問題之後，我得去搞定一些必須處理的事情。」他輕鬆地說。

我不覺得眼下還會有什麼，會比贏得這場比賽更加的「必須」，不是比賽，又不是昱卉的事情，這小子果然深不可測，而且我總覺得他今天的言行舉止有點異常，跟我說話的時候幾乎不看我，跟昱卉說話的時候冷淡得近乎殘酷，這些都不像我認識的蜻蜓。

「我跟你去。」我說。

「不用了，你負責幫我打完比賽吧！其他的我來就好。」搖頭，我拉住轉身要收拾東西的蜻蜓。「還記得我們去偷車的那天晚上，我說過的話嗎？」

「什麼？」他終於回頭，眼睛盯著我看。

「打從認識你的第一天起，我就沒想過要獨善其身。」我說得很認真，可是他卻笑了，很開心地笑了。從小帳棚走了出來，他又再點了一根菸，我跟他要，可是他卻不給。

「你還要繼續留在這裡，所以最好別跟我一樣囂張。」嘴上含著香菸，他說。

「這話什麼意思？」

「你記得昱卉跟你說過，要你提醒我，說我跟她有個約定，記得這件事嗎？」看我點頭，蜻蜓滿意地繼續說：「很好，昱卉有一次跟我說過，你曾帶她去過那條臭小河邊，還聊起了祕密基地的事情。後來她問我，在我的生命裡，有沒有一個這樣的祕密基地，還說如果有，希望我可以帶她去。」

「沒聽說你有過吧？」我迫不及待接口。

「我是沒有。於是我就答應她了，我跟她說，當有一天我發現屬於我的祕密基地時，我一定也會帶她去，這就是我跟昱卉的約定，也就是她要你提醒我的事情。」

「然後呢？」一邊走，我一邊問他。

「我剛剛跟她說，我找到了。」

「找到了？」

蜻蜓抬頭看看天空，下午五點的太陽失去了威力，只能在我們背後炫耀著最後一點光芒，他仰望著遠遠的雲彩，「找到了，不過可惜的是那地方誰也到不了，除了我自己。」

「那個祕密基地在哪裡？」

「這裡。」他用手指戳戳自己的心口。

我覺得我們的對話已經超出了一般十七歲少年應該有的深奧程度了，可是不曉得爲什麼，我卻還在配合他。

「所以你決定封鎖全世界，把自己關進你心裡的小角落裡嗎？」

「沒那麼抽象，我只是決定要鼓起勇氣，去做我該做與想做的事情而已。」

「什麼事？」

「很快你們都會知道。」他這樣回答。

後來同學急忙跑來，說我們的攻勢已經結束，八局下半已經開始，可是卻找不到一壘手跟游擊手，要我們快點回去繼續比賽。

「跟裁判說我們在大便，隨便換兩個人先撐著！」我直覺地回答。

蜻蜓笑了一笑，拍拍我的肩膀，對我說：「記得我告訴過你的話，別在大樹的庇蔭下當一朵腐爛的小香菇，走一條眞正適合你的路吧。」

他的背影離我很遠，直到我望向後門的視野裡已經失去了他的身影，這才悵然地走回操場。蜻蜓爲什麼要對我說那些話？那些聽起來多麼像是道別的話？我不知道他要去哪裡，但是我知道他一定有他的理由，而我答應過他的，是幫忙守住這場比賽的勝果。

球場上競爭依然激烈，我跟蜻蜓的位置由二軍遞補，也還守得有聲有色，所以一時之間不忙換人上場。拿著球棒，我走到籃球架旁的看台來，昱卉雙手摀著臉，寶雯在旁邊陪她。

「他走了？」

我點點頭，看著寶雯詢問的目光，我說我也不知道蜻蜓到底要去哪裡。誰會知道一隻自由飛翔的蜻蜓，後來要飛去哪裡呢？

寶雯跟我同時嘆了一口氣，而昱卉則抬起了頭，滿臉是淚的她，眼睛看向蜻蜓已然走遠的方向，她沒開口，只是眼淚不停地流。

九局上半，沒能輪到我打擊，靠著後半段棒次的幾支安打，我們又得到一分，比數是十比八。我拿著手套走回守備位置，一壘現在是小趙，他放下了擴音器，自己上來玩這一局。

這場比賽已經打得太久了，下午的驕陽逐漸轉爲黃昏的夕照，風在不經意間已經停息，操場周遭的紛亂聲也忽然小了許多。

這是個沒有王者的戰場，王者剛剛叼著菸走出學校去了，他的樣子像是打算從此拋下一切，去追逐自己的夢想，我猜這次連他那個酒鬼老爸也攔不住他了。

教職員隊的最後上場三人次，分別是龍哥、體育組長，以及主任教官。龍哥放水放得有點過分，今天的他是零安打表現，第一球就被投手接殺出局。

會有球滾過來嗎？我已經處理過好幾次的不規則彈跳，會在最後一局失誤嗎？我沒有失誤的本錢，我想我們的人生，都沒有失誤的本錢，因爲生命不能重來。

接著體育組長被三振了，看來職業跟他的球技並沒有直接關聯。

昱卉還哭泣著嗎？寶雯在陪著她吧？我不敢再把頭別過去，唯恐這一轉頭，我就會放棄比賽，走過去安慰昱卉。

「Strike！」一好球，主任教官沒有揮棒。他今天放水也放得很明顯。

我好想回到很久很久以前的那時候，就算是再過著吃白煮麵的日子也無所謂，有種悲傷的感覺不斷湧上來，我像是失去了部分的靈魂似的，只能呆看著前方。倘若這就是長大的感覺，我可不可以說不要？

「Strike two！」兩好球，主任教官還是沒揮棒。

我又往一壘看了一眼，已經不在守備位置上的蜻蜓，依然還煥發著屬於他的獨特光芒，而因爲他的光芒，我們才發現自己的黑暗。我的懦弱，昱卉的脆弱。

「阿振！」球場上不曉得是誰高喊了我一聲，讓我猛然回頭。

主任教官沒放過第三球，一棒把球打了過來，我趨上前去，手套已經擺到適當位置，這一球我確定我可以處理。

「小心不規則彈跳！」有個女孩的聲音從三壘那邊傳過來。無暇觀望的我，只能盯著球的動線。那顆白球在我面前五公尺左右的距離，碰到了因爲雜草而造成的崎嶇地面，整個往右邊彈去，剛好朝著我跟三壘手中間。

要放球過去嗎？這支穿越安打沒有任何打點，只要下一棒出局，九局下半就結束，我們一樣可以贏得比賽，我需要去撲這一球嗎？

心中遲疑著，可是腳步卻不由自主奔了過去，昱卉，妳在看著我嗎？當蜻蜓離開之後，妳會將目光移向我嗎？那瞬間，我的腦袋全都空了，整個人撲跌在地，惡劣的場地碰得我身體好痛，衝力使我的身體即使在撲跌倒地後還繼續向前滑行了一小段距離，雜草跟灰塵讓我不得不閉上眼睛，劇痛與混亂中，我唯一能做到的，只有奮力將我戴著手套的左手伸到最直。

「好球！」三壘手高興地大喊，朝我跑了過來，在我的手套中拿出了一個東西，快傳一壘，將跑壘員觸殺出局！

那是一顆球，我攔到了那顆球。

「耶！阿振，我愛你！」趴在地上的我，眼光剛好看向三壘那邊，剛剛那個提醒我小心不規則彈跳球的女孩，高興地站起來大叫著，她是小喬。

44

攔得下的是不規則彈跳球，攔不住的是我忍不住的淚水。

「妳好。」寶雯點點頭。

「妳好，我是小喬。」

我又看見了那兩個小酒渦。小喬很客氣地向寶雯點頭招呼。昱卉臉上猶有淚容，所以就沒過來見面了，寶雯禮貌地微笑了一下，然後看向我。

我知道我應該招呼遠來的小喬，沒想到今天她會來看比賽，但我卻又放不下獨自坐在看台邊的昱卉，站在原地，我發現自己的眼眶還有濕潤的感覺。

「你陪小喬一下吧，我過去看看昱卉。」寶雯知道我心裡的兩難，她說：「晚一點電話再聯絡，好嗎？」

「我覺得我錯了。」她說：「那天我不該跟你做那樣的賭注，原來你撲球根本是本能動作，不管什麼原因，看到球飛過去，你都還是會去撲的。」

我不由得笑了出來。這樣講好像我是一隻追著球跑的小狗一樣。

「你看你，笨死了。」小喬用面紙擦拭了一下我臉上的草葉，也把我手臂上被石頭刮傷的血痕擦去。

我笑著讓她為我做這些動作，看著她白淨的臉龐，還有剪得很整齊的短髮，心裡驀地又有一陣難過。

幫我擦乾淨手上的血跡，小喬開始很新鮮地東張西望，這是她第一次來我們學校。我簡單地介紹了一下校內的環境。

「為什麼還有人穿著制服？」

「因為今天有輔導課。」

「就是你跟家裡騙到了錢，可是卻其實連參加資格也沒有的輔導課？」

「閣下大可不必說得這麼詳細。」我尷尬地笑。

走在校園裡，她問我內操場跟大操場的用途哪裡不同，問我傳說中鬧鬼的男生宿舍在哪裡，然後又拉著我，要我帶她去看我們上課的教室，甚至還問我，為什麼我們學校的樹木這麼多。

「我從來都不知道原來妳對我們學校這麼有興趣。」我說。

「那要看是誰念的學校，不是嗎？」

「我也從來都不知道原來妳對我這麼有情有意。」

「我有說是因為你嗎？」她笑著。

我在販賣機裡買了兩瓶飲料，檸檬紅茶給她，寶礦力水得給我自己。

「這是一所看起來很有規模的學校。」

「沒錯，但可惜的是它不適合我。」看著遠處圍牆上，掛著的倒鉤蛇籠網，我想起了蜻蜓，然後跟著想起了昱卉。

天空已經很暗了，校園裡的照明燈陸續亮起，行人疏落，我們繞了大半個學校之後，又回到操場。比賽場地已經被清理乾淨，只剩下供球員休息的遮陽帳棚還矗立在原地。走到空無一人的小帳棚內，我就地坐下，小喬則站在我旁邊，聊了很多不著邊際的話之後，我們不約而同地，忽然都安靜了下來。

「那個哭泣的女孩……」半晌後，她終於提到了。

「嗯，她就是昱卉。」

我知道她要問什麼，所以無須聽完問題，我已經可以直接回答。

就這麼沉默了片刻，我才問她，爲什麼來了卻不告訴我。這個問題其實我應該在一開始就問的，保留到現在，是因爲我不想破壞她逛校園的好心情，因爲我可以猜想得到，當她看著我打球時，一定會想到我們之間的種種，包含了不像開始的開始，還有必須結束的結束。

「今天的比賽對你來說很重要，事關你的電力學成績，我不想因爲我而影響你的情緒。」她雙手握著飲料罐，帶點遺憾的口氣說：「可是沒想到，有比我的到來更影響你的事情發生。」

呼了口氣，我沒說什麼。

「看樣子我這麼努力地搞笑，也沒辦法分散一點你的注意力。」她蹲了下來。

「很難笑吧，是妳妳會有心情笑嗎？」

想了想，她搖頭。

我看了一下手機，沒有任何來電顯示，寶雯沒給我消息，蜻蜓也不知道去了哪裡。

「謝謝妳來看比賽，也謝謝妳這樣陪我。」走出小帳棚，我說。

「這是我唯一能做的，不是嗎？」

她把喝完的飲料罐投入了回收桶，再慢慢走回我身邊。

「或許我應該埋怨一下，如果跟你認識得早一點，也許今天你會開心地帶我逛校園，當然也可能不需要等到今天，我們可能更早之前就來逛過了。」

站在燈柱下，看過去一整排黃色的路燈，一直延伸到學校門口，顯得淒迷而美麗，小喬繼續說著：「昨天晚上，我哭了很久，很努力地把眼淚都流乾，這樣，我今天就可以笑著面對你。」

「小喬……」

「別說話，如果你覺得哪裡虧欠我，就答應我一件事。」看著我，她說：「幫我完成一個小小的願望，牽我的手，沿著這排燈光，陪我走到門口，送我離開就好。」

「我……」

「然後你應該快點振作起精神來，打個電話給那個比我更早進入你生命裡的女孩，別讓她繼續哭泣。」她很沉著，很溫柔地說。

交握著的手，不斷傳來溫熱的感覺，我不敢太用力握她的手，深怕稍一使力，會握碎了她的心，就擠出了眼淚來。

慢慢地走到校門口，彼此都沒再說話，我很感謝她對我的體諒，要支持自己所愛的人，去對另一個人付出感情，那是多麼困難的事情。這個我無能為力，但小喬卻做到了。

就這麼牽著她的手，我們走過了落葉灑了滿地的小路，穿過每一盞路燈所投射下的橙黃色光影，那感覺如在夢中，只是這場夢，夢得令人心酸。

「阿振。」她停下了腳步，就在最後一盞路燈下。

「怎麼了？」

凝望著我，她又多看了幾眼，然後才微笑著說：「沒什麼，只是想多看看你。以後我要認真念書，可能很少有機會見面了，我不知道未來會怎麼樣，再過一年我們可能會考到距離相差天南地北的兩個學校去，說不定從此就很難再連絡相遇了。我很想多把握現在的機會，跟你多說點話，多去一些地方，可是那真的很難，你知道，商科學生的壓力很大，一切都只為了升學……」

我還是沒說話，因為我已經什麼都說不出來。橙黃色的燈光下，小喬的酒渦很明顯，深邃的目光讓我幾乎忘了自己的存在，我很想在這時回顧一下我們認識以來的種種，可是我發現我早已失去了整理思緒的能力。

「不管之後如何，現在的我都只想說：感謝天，讓我認識你。」

「嗯……」費盡了力氣，忍著眼眶的濕潤，我吐出了幾個字：「也謝謝妳，小喬。」

沒愛過，就不算失去，至少我們保留最美好的記憶。
謝謝妳。

45

陪小喬走到校門口附近的公車站牌，她堅持不要我送她回家，我在她上車前才鬆開了緊握的手，目送她搭乘的公車離去。

落寞地走在回宿舍的路上，聞著自己身上這一身汗臭味，我想我最好先回去梳洗一下，然後再打電話給昱卉。這是我答應小喬的，無論如何，我不應該讓自己眞正心愛的女孩繼續哭泣。

四樓的宿舍，今天意外地沒有人在，其他樓層的學長姊都跑光了，期末考之前，大家都很會把握機會出去玩。

走上四樓，我點亮了走廊的燈，發現向來都不關門的蜻蜓，今天意外地緊閉房門。我把包包丟進自己的房間，然後走過去推開蜻蜓的房門。

門沒鎖，裡頭一片漆黑，這房間我來過不知道幾百次了，輕而易舉地就摸到了電燈開關，而就在燈光打亮的瞬間，我傻眼了。

原本的凌亂都消失了。蜻蜓的書桌上空無一物，床鋪上的棉被也已經捆綁妥當，另外有幾個箱子整齊地堆疊在牆角，這完全就是已經打包好，準備搬家的樣子。

我大吃一驚，一時間無法會意過來，蜻蜓曾說過下學期要搬回家，可是現在都還沒放寒假，他怎麼就已經完成搬家的準備了呢？到底發生了什麼事情？

我驚慌地拿出手機，撥打他的電話號碼，可是接連幾通，卻全都接進了語音信箱，這個人到底跑到哪裡去了？然後我改打昱卉的電話，可是在響過了一段時間之後也沒人接聽，甚至連寶雯的手機也打不通。

熄了燈，我退出蜻蜓的房間，回到自己房裡，我抓了機車鑰匙就要衝下樓。可是才跑到樓梯間，我又遲疑了，因爲我不知道該到哪裡去找人。

在走廊間來回踱步了一下，我決定再回蜻蜓的房間去看看，或許可以找到一點蛛絲馬跡。但見他房裡的紙箱已經封口，棉被疊放在角落，這裡已經沒有留下任何證據，我又在房裡繞行了兩三圈，確定之後才走回自己的狗窩。

坐在我的床上，我疑惑著，有種心神不寧的忐忑，摸摸口袋，我拿出了香菸跟打火機，點了菸之後，我發現有張寫得密密麻麻的活頁紙壓在菸灰缸下面。

如果可以，我本來希望辦一場華麗的告別晚會的，不過看來這下很難了。我只能跟你說，不要亂動我收拾好的行李，那些東西我收了很久。

我知道你會納悶，也會生氣，可是沒辦法，這是我想了很久之後的決定，因爲這是我的未來，所以我決定怎樣就是怎樣，雖然我們幾乎是穿同一條內褲的交情，也不能因此而改變什麼。我很自私，對吧？

男人寫信給男人，眞是一件不自然的事情，原諒我以如此智缺的言論作爲開頭，現在請用認眞的表情繼續往下看。

關於我們幾個人的牽扯，我想你一定清楚。有些話，我們心照就好，所以以前從未攤開來說，但現在既然我決定當一個最瘋狂的高工中輟生，那麼我就直言了。

首先我應該先說抱歉，我決定自己去面對那些麻煩，希望之後的我們都平安。

在小公園過夜那晚我曾說過，要找一個地方，跟我認爲最重要的人，一起過我們想過的日子。那時的我總以爲，我可以從此建立一個屬於我們的、自由的國度，但是我錯了，在教官開始經常來巡視之後，我就知道那不過是我的幻想而已。

眞正屬於自己的國度裡，不應該存在著別人的教條規範或價值觀，這裡還不能算是眞正屬於我們的世界，所以我要離開。並非我不能承受這些壓力，只要這些壓力承受得有價值。所以我決定要走。但別問我去哪裡，因爲目前我還沒有決定。但是很快地，我就會找到一個新天地的。

還記得我跟你說過的話吧？我很懷疑自己是否具有眞正的才能，如果有，我一定要想辦法，看看它能發揮到何等極限，這就是你現在看到這封信的原因。

你看到信的時候，我應該已經跟她分手了，這封信就不要再交到她手上，徒增她的難過。

也許你會對我爲何這樣做而感到意外，我只能說，因爲我太在乎你們。你或昱卉都不可能跟我一樣不顧一切，放肆地去追逐自己的夢想，這份友情與愛情，我知道自己會放不下，既然如此，所以我只好選擇自己一個人，夾著尾巴逃走，破釜沉舟之後，才有可能了無牽掛，我才能專心去做我想做與該做的。也許我會後悔，我知道我會後悔，但那時我已沒有後悔的資格，所以我只好更努力追求我要的夢想。

為了我的私心，浪費一個女孩的青春，我想這不應該；為了我的私心，壓抑了你的愛情，我想更不應該。別搖頭說沒這回事，我是無敵的蜻蜓，你那一點心事我不會看不出來。過去因為你我的交情，使得你不能自由表達自己的情感，你那張便秘般的臉我已經看了一個學期了。

我就說嘛，寫信給男人真是彆扭，原諒我在如此真情告白的時候，提及「便秘」這個不雅的字眼吧！

請你代我好好安慰昱卉，我相信你做得到。不過我要提醒你，我放棄不代表你就會成功，因為愛情不能頂讓，如何讓她明白你的感情，那是你自己的本事了，這個我幫不了你。你的愛情一如我要的未來，都得自己努力，加油了。

一個人活著，要做的事情大致上分成「該做」與「想做」的兩種，這是你說過的。我現在做的就是兩種的總合，至於你，我想你一定也會有方向的，好自為之，珍重了，我的兄弟。

手上拿著蜻蜓寫給我的「遺書」，我只能咋舌不已。沒想到這傢伙居然用了一個如此老套的方式來說再見，更沒想到，他的思慮如此縝密，而想法與做法又如此極端，今天一整天那種奇怪的預感，沒想到應驗的竟然是這種事情！

而且果然如我之前所擔心的，他對我暗地裡喜歡昱卉的事情，早已了然於胸，我很感激他的從不揭破，卻也很懊惱於自己隱藏得終究不夠好。不過感情的事情現在可以暫時不管，我眞正擔心的，是他信中所提，要去面對的那個不知道是什麼的「麻煩」。

已經沒洗澡的心情了，我坐在床上把菸抽完，把這封信又仔細看了一次之後，摺好放進皮夾中，然後將手套跟球棒放回牆角，而這時候，房間外面傳來了腳步聲。

打開門，不是蜻蜓，也不是昱卉或寶雯，那個人今天下午才跟我對看過好幾次，他是還穿著壘球裝的主任教官，跟在教官後面的，是我們班的導師，跟蜻蜓的酒鬼老爸。

星期六的下午，有六個我們學校的學生被送進了醫院，其中四個是機械科的，兩個是電子科的。這些人趁著校內舉行壘球比賽，大家注意力都集中在操場的時候，跟蜻蜓在學校附近的空地談判，這回跟之前幾次約見有點不同，因爲這次，是蜻蜓約的。他故意挑了一個絕對不會有人來打擾的時間。

機械科的人堅持要蜻蜓對那次機車失竊事件負責，電子科的兩個則是湊熱鬧的。蜻蜓什麼都沒說，他抓起機械科帶頭的人就是一頓揍。這舉動震驚了眾人，當他們過來拉開蜻蜓時，機械科的倒楣鬼已經頭破血流了。蜻蜓手上抓著早已預先藏好的石塊，在狹小的空地上見人就打。電子科的兩個人早已見識過他發起狂來的狠勁，當下見情況不妙，就想拔腿逃走。不過那塊空地很小，四周又都是建築物，蜻蜓輕易地就擋住了他們的去路。

我沒能目睹這一場打鬥，不過卻可以想像得到當時他淩厲的目光，那是一種誰看了都會畏懼的眼神。我猜想機械科的那些人一定嚇壞了，而且也可以料想得到他們一定做了相當程度的反擊。因爲他們倘若束手挨揍，也許蜻蜓不會這麼瘋狂，而正因爲他們企圖抵抗，所以蜻蜓才讓他們都進了醫院。

在我拚死攔下不規則彈跳球的同時，他在另一個地方，用自己的拳頭解決了問題。我在比賽之後帶著小喬逛了一圈校園，蜻蜓那時候則坐在教官室裡，他跟教官要了衛生紙，擦拭衣襟上沾滿的鮮血，然後一邊讓校醫替他頭上的傷做急救，一邊通知教官趕過去小空地救人。我在想，如果我帶著小喬逛到教官室外面去，也許我還有機會看到蜻蜓。

「這件事你完全不知情？」教官嚴厲地質疑著。

看著我搖頭，他又問了我一些關於我們跟機械科的恩恩怨怨，我說詳細的情形我不了解，反正兩邊互看不對眼，已經是好幾屆一直傳下來的傳統了，爭執打架的事情經常發生，這不是第一次，也不會是最後一次。

「機車到底是不是你們偷的？」

「不是。」我決定撒謊到底，我知道蜻蜓也是這個意思。

眼看著問不出什麼來，教官似乎覺得跟我講那麼多也只是在浪費時間，所以決定省點口水。他轉頭跟蜻蜓的酒鬼老爸說，請他過去把蜻蜓的東西收拾一下，準備離開。

「教官，請問一下，蜻蜓會怎麼樣？」換我有問題了。

「他現在回家了，按照校規，發生這種事情一定是退學處分。」

「退學？」我大叫了出來。

「不退學難道你要我頒個獎牌給他嗎？」他瞪我。

蜻蜓要被退學？這叫我如何接受呢？雖然至此，我終於恍然大悟，原來這就是蜻蜓要去解決的「麻煩」，但我怎麼也不能坐看他因此而被退學！

上前一步，我跟教官說：「可是一直都是電子科的人自己惹上來的，這跟我們一點關係都沒有，第一次打架，是他們先對我動手，蜻蜓只是來救我而已，後來這些人陸陸續續還找過蜻蜓很多次麻煩；機械科的就更不用說了，他們在校外欺負我們班上的同學，把我同學打傷，還弄壞人家的車，我們可從來沒有主動去招惹人家！爲什麼蜻蜓要被退學？」

我愈說愈大聲，激動地握緊了雙拳。

「周振聲，注意你的態度！你以爲你在跟誰說話？」導師在旁邊喝了我一聲。

「你們才注意自己的態度！事情沒有搞清楚就退學，這是什麼屁校規！你們那又是什麼他媽的狗屁態度！」我大聲說著，轉頭又盯著教官。

「我跟你們說過很多次，有事情要來通知我，不可以私底下解決，我說過嗎？」教官忽然很冷靜地看著我問。

「說……說過。」而我的氣勢則瞬間軟弱了下來。

「爲什麼你們永遠做不到？爲什麼總是以爲自己的拳頭可以解決所有的問題呢？」他的語氣是我從未聽過的柔和，「也許校規無法保護到你們的每一處，但是如果你們願意配合，至少一切都會容易很多。把事情報告給我，不是可恥的表現，重要的，是你們要學著成熟一點，任何事情都要尋求最妥善的解決方式，而不是靠著暴力去壓制別人。」

看著我茫然的眼神，教官拍拍我的肩膀，他說：「我再告訴你一件事情，楊清廷他是自己來教官室報到的，沒有任何人強迫他，退學處分，也是他自己提出來，並且願意接受的。」

如果這是成長，如果成長原來要付出如此巨大的代價……

46

後來，蜻蜓就像蒸發了一樣，從我們班上消失了。很多人都來問我原因，豆豆龍跟小趙尤其無法接受，他們很想知道究竟發生了些什麼事。這些人的問題，問了我至少半年。而我，只能跟他們說：「我不知道。」

每個人的想像力與理解力都不同，與其做多餘的揣測，我寧願就這麼相信他。我相信蜻蜓會選擇放棄這一切的原因，是因爲他太在乎我們，是因爲他不想在實現自我的時候，還背負著後顧之憂。

太在乎，就永遠無法脫離。這樣的說辭昱卉跟寶雯都不能理解或認同，後來我曾在電話中跟小喬說過，她也無法接受。

但其實我眞的明白蜻蜓的想法，或許這就是男女最大的差別，有時女孩們的夢想就是圓滿的愛情，而男孩們總能在愛情與夢想之間做出決斷，蜻蜓尤其是。後來的我再也不拿《神雕俠侶》來比喻蜻蜓跟昱卉，因爲楊過可以爲了愛情拋棄一切，包括自己的生命，縱身躍入絕情谷中，但蜻蜓卻選擇斷然放棄愛情，專心去追逐自己的夢想。

太在乎，就無法脫離。我眞的明白，只是也只有我一個人明白而已。

那天晚上，我到很晚了才接到寶雯打來的電話。哭了一天的昱卉，打消了本來要去寶雯家過夜的念頭，決定回宿舍一個人靜一靜，因此，寶雯打了電話給我，要我過去接昱卉回宿舍。

我們約在台中公園旁的麥當勞見面。昱卉的臉上完全沒有血色，紅腫的雙眼與蒼白的臉孔成了強烈的對比。寶雯把昱卉的包包交給我，要我先送她回去休息。我把安全帽拿給昱卉，見她沒有反應，索性幫她戴上。

「昱卉，上車吧，好嗎？」我輕聲地說。

她安靜地上了後座之後，我跟寶雯揮手說聲再見，這才慢慢地騎上車水馬龍的台中自由路。

有好多好多的記憶都好鮮明，一切都像昨天一般，我甚至還想像著等一下回到宿舍，就會聽到蜻蜓窩在他房間唱歌的聲音。

如果眞的可以這樣，那麼要我永遠埋藏自己的感情也沒關係，我跟蜻蜓還是最要好的死黨，我背後的那女孩還有她美麗的笑容，他們還維持著楊過與小龍女般的傳說，我則只要繼續當我自己就好。

但那是不可能的，但那是不可能的。我們在學校對面的7-11停下了車，昱卉脫下了安全帽，問我說：「你覺得我需不需要從此就把我對蜻蜓的愛轉變爲恨？」

從這句話裡，我就知道一切都過去了。

昱卉的口氣很冷靜，那是一種過分激烈之後，才有的冷靜。

「除了謝謝跟對不起，他甚至連再見都沒有給我。」她說。

看過那封信之後的我，明白蜻蜓的意思，說對不起，是因爲他終終沒能實現給昱卉的諾言，而且到了最後還是選擇離開她，至於謝謝，我想那是感謝昱卉陪了他這麼一段時間吧。只是蜻蜓哪！我抬頭看看這片我也曾跟蜻蜓一起張望過的夜空，很想問他，難道選擇走自己的路，非得要用如此激烈的方式嗎？何以成全夢想的同時，卻必須選擇放棄愛情呢？這份牽掛或許是追逐夢想時的負擔，可是那難道不是最甜蜜的負擔嗎？我明白他的想法，可是我又怎能眼看著我心愛的女孩絕望地哭泣？

「阿振，你可不可以告訴我，我不知道我哪裡做得不好，也不知道我還能爲他做些什麼，這個人，已經超過了我的想像。我不明白爲什麼到最後，他會選擇用這樣的方式做結束？當我問他爲什麼要離開我的時候，他只跟我說，以後我會懂。」

昱卉的話說得很平緩，可是眼淚卻逕自流了下來。

「我以後眞的會明白嗎？可是我明白了又怎樣呢？他終究是不在我身邊了……」說著，昱卉哽咽了。

「他一向都有他自己的想法的，不是嗎？」我囁嚅著。

「可惜的是，他從來不願意讓我明白。」

「雖然我不能肯定蜻蜓怎麼想，但我一定要告訴妳，在我心裡面，妳已經做到了最好，也已經做到了最多。」我看著昱卉，昱卉則是閉上了眼睛，仰頭深呼吸了一下。

「我不會恨他，我做不到。」昱卉像是喃喃自語般，任憑眼淚放肆地滑落，她說：「我做不到。」

我已經想不到什麼寬慰她的言語，走到她身邊，輕輕拍著她的肩膀。那一夜，因爲蜻蜓的離開，我們都心碎了。

我後來經常在想兩個問題，那是昱卉進校門前，託付給我的問題。

「阿振。」昱卉輕輕地叫我。

「嗯？」

「如果有一天，當你再度遇見了那隻喜歡自由的蜻蜓，請你幫我問問他好嗎？」

「妳說，我一定會記得幫妳問他。」

昱卉停止了哭泣，她努力擠出一個笑容給我，說：「幫我問問他，爲什麼選擇夢想的時候，他就無法選擇我？也幫我問問他，如果我想通了這個道理，而他卻不在了，那我想通了又有什麼用？好嗎？」

點點頭，昱卉的問題其實也是我想問蜻蜓的問題，雖然蜻蜓的那封信裡已經解釋了一部分，但這一年來，我反覆看了很多次，卻仍然無法說服我自己去認同他的想法。我不知道夢想跟愛情之間是否眞的只能二選一，但是我很喜歡張宇唱過的幾句歌詞：「就算站在世界的頂端，身邊沒有人陪伴，又怎樣？」

可惜的是這個觀點我沒機會跟蜻蜓溝通了，因爲他已經做了選擇。事情沒有對錯，差別只有理念不同。昱卉的問題其實不是問題，她需要的也不是答案，她需要的只是長得足以讓她忘記傷痛的時間而已。

謹遵著蜻蜓的交代，那封信並沒有拿給昱卉看，我將它收在自己的重要文件盒裡，跟存款簿和一些平常用不到的證件放在一起。

那時，我答應了雙眼含著淚的昱卉，承諾要幫她問蜻蜓這兩個問題，只是當我答應的時候，並沒有想到後來我連向蜻蜓開口提問的機會都沒有。

無法提問的原因，是因爲我一直沒再遇到蜻蜓，他不但換了手機號碼，而且人根本就不在家。我曾經跑到他家去，結果他媽媽告訴我，說蜻蜓又離開家了，而且離開之前，還從他老爸的帳戶裡領走了好幾萬塊。

「他有說要去哪裡嗎？」

「後來有打電話回來，說他人在台北，現在在補習，說什麼要去考高中，以後要念大學，還說等將來賺了錢，再把那些偷走的錢還他爸爸，唉，這孩子……」

我沒能繼續問下去，因爲屋子裡傳來他那酒鬼老爸的叱喝聲，他老爸喝醉酒之後，我怕他把我當成蜻蜓打一頓。

而且不但蜻蜓變成聯絡不上的失蹤人口，甚至我連昱卉都很少遇到了。高二下學期，失去蜻蜓的我，接受了媽媽的安排，她帶我搬到新的宿舍，新房東是個退休的國中老師，他對我們的要求很嚴格，嚴格到了會檢查我們的上課筆記跟課本的程度。媽媽對他再三拜託，請他連我的補習班講義都要一併檢查。

我在舊的地方，過著新的生活，那生活很豐富，但卻充滿了缺憾。再沒人跟我一起騎車兜風，也沒人跟我一起躲在廁所抽菸，我的耳邊失去了蜻蜓滔滔不絕的吹牛聲音，剩下的只有不同的老師，在講台上講述著不同的內容，如此重複著而已。而課餘之暇，我會抱著蜻蜓他媽媽送給我的，那把蜻蜓的破爛吉他，偶而彈個幾下，懷念當年我們一起笑鬧的日子。

寶雯告訴我，昱卉的情形比我好不到哪裡去，上了高二之後，她便退出了糾察隊，現在除非是上廁所，否則根本絕足不出教室。

這是昱卉高二的生活，也就是我高三的生活。

我經常想起一年前的日子，我們蹺家、打架、玩車，還有四個人一起去逛街、吃飯，我甚至開始有點想念白煮麵的味道。

有時我會趁著媽媽回台中的時候，跟她一起回大里的外公家，外公當然跟以前一樣討厭我，不過那無所謂，我只想多陪外婆聊聊天而已。每次回大里，我總愛在那條小河邊佇足，河水依舊五顏六色，而河畔的夕陽依舊五彩繽紛，只是再沒有我跟蜻蜓飛車而過的歡笑聲，也沒有我跟昱卉或小喬去看夕陽時的溫暖。一個人在河岸邊閒走，我總是覺得寂寞，那水流聲變得好淒涼。

因爲只有在河畔逗留時，才能稍減我對最初的那段日子的思念之苦，所以我經常會在去過河邊之後打電話給小喬，至少，她是唯一一個我能坦然面對的人。

不過可惜的是，小喬的生活比我更忙碌，她總有各式各樣上不完的課，十通電話打過去，倒有七八通她不方便聊天。

我們總是簡短地交換彼此生活與課業上的心得，當然她依舊沒有忘記她說想開一家咖啡店的計畫，我笑著要她好好努力，考個好學校，把商科念好，也許以後就有機會。

小喬在電話中的聲調已經恢復到最初我認識她時的開朗，雖然我明白她仍然討厭被安排著去做很多事情，可是我知道她正在忍耐，爲的就是歷盡艱難與考驗之後，當一隻眞正自由的花蝴蝶。

我很想念她的酒渦，可是我卻再沒機會見到她，只能偶而自己一個人騎著車，把鱷魚阿章放在我的背包裡，跑到佳琳她家附近那家咖啡店去，喝著難喝的咖啡，懷念一下過去我跟小喬在這裡的光景，聊盡一點我對一個老朋友的想念。

我會端詳咖啡店的擺設與裝潢，然後在自己的想像世界中，構築一個畫面，那是若干年後，小喬在煮咖啡的畫面，只是我恐怕沒有機會親眼見到了，因爲我連高三畢業會考到哪裡去都不知道。

所以我只好繼續活在孤單的世界裡，偶而懷念一下過往，偶而出去兜兜風，或跑到那條污染的小河邊去發發呆，頂多是趁著大家都有一點空閒的時候，約了寶雯跟昱卉一起吃飯。

這一年來，昱卉變了很多，或許眞的是時間夠久了吧，她從一開始的愁眉苦臉，動不動就潸然淚下，到後來已經逐漸能夠說上幾句笑話，這是我跟寶雯比較開心的地方。但這種聚會畢竟少之又少，因爲我們現在出來聚會，總比過去少了一個人。

所以我還是維持著自己一個人的生活，偶而從寶雯那邊探聽得一點昱卉的消息，只要知道她一切安好，我就會覺得非常開心。此時的我在做任何事或要去任何地方的時候，早已不會再去想說哪個人才是那個陪著我的「對的人」，因爲我知道有些東西已經只能被深埋了，這些深埋的情感幾時能再被挖掘出來，我不知道，可是我始終期盼著。同時我也繼續等待著，有朝一日，看那隻蜻蜓會不會飛回來。而這一等，我足足等了一年，直到高三上學期期末考之前。

從很遙遠的城市裡，有個人寄了一張名信片跟一封信到我家給我。名信片上印著漂亮的港口風景，根據小時候去過幾次的印象，我知道那是基隆港。至於那封信則是這樣寫著：

最近好嗎？我最麻吉的死黨。

基隆的天氣挺糟糕的，早知道放假我應該回去找你，而不是來這裡找已經絕跡的湛藍海景。

當我花了一年時間，讓自己克服孤單的恐懼，與對你們的牽掛之後，我想問你，最近好嗎？

現在的我，在補習班念我想念的書，我很快樂。也許會比你晚一點，但我會實現我的夢想，等我找到了眞正屬於我的祕密基地，我會再通知你。

我是個懦弱而容易被牽絆的人，太在意，就無法完全脫離，不知道你原諒我了沒有？不原諒也沒辦法，誰教我是無敵的蜻蜓。

昱卉還好嗎？這一年，她的日子想來並不好過，希望你跟寶雯已經幫助她走出那個感情的漩渦。

感情的事情就不要再提了，除了跟你一起墮落的那部分之外，其他的事情我不大喜歡回頭看，因爲我不想整天活在遺憾或惆悵中。我還愛她，不過那是我的事情，距離你至少有兩百五十公里遠，你該做什麼你自己清楚，不需要我多說。

記得幸福要自己把握，不要等我回來時，她已經有了不是名叫周振聲的男朋友。

蜻蜓

署名之後，還有一行P.S.，寫著：

咖啡店的女孩問我是不是寫情書，我說不是，她看了開頭之後，問我幹嘛寫信給男人，我回答她說：因爲我爽。

太在意，所以就無法完全脫離。

這是你的答案，是我好想，好想揍你的理由。

尾聲

天氣不大好，微微細雨。我在細雨中，見到了好久不見的女孩。她的頭髮更長了些，一樣的五官，卻有著跟以前不同的成熟美感。

我很想裝得跟她一樣成熟穩重，可是卻掩不住見到她的喜悅，終究還是笑得像傻瓜一樣。

「好久不見了。」我說。

「嗯。」昱卉給我一個輕輕的笑，問我最近過得怎麼樣。

點點頭，我把雨傘交到左手，右手拿了香菸出來點。

「別以爲你穿著便服，而我離開了糾察隊，你就可以囂張地在校門口公然點菸喔。」她微笑著瞄我。

「來逮捕我呀！」我才懶得在意這種事情。

看到雨珠在她露出開心的笑容時，輕輕滑過她更趨白皙的臉頰，我這才發現到她原來沒帶傘，於是趕緊把傘靠過去。

從校門口走出來，附近有家茶店，那是後來我們三個人見面時，最常去的地方。茶店的格調還好，消費便宜，很適合我們這樣經濟能力的學生。不過我們會去那裡，還有一個更重要的原因，那家茶店是在蜻蜓離開之後才開幕的，在那裡，我們的記憶，就是只有三個人。

一起撐著傘，我刻意保持著一點距離，不敢跟她靠得太近。路上昱卉忽然問起了我跟小喬的事情。我苦笑了一下，告訴昱卉，自從上了高三之後，我跟小喬不但沒見過面，甚至連電話聯絡都變少了，大家都忙著準備即將到來的入學考試。

「看來我得好好努力了，高三生活感覺上很不輕鬆。」她還笑著說。

「妳已經太用功了，有時候應該讓自己輕鬆一下的。」

「習慣了，沒辦法。」昱卉說，現在連寶雯都被她影響，兩個人一天到晚在比考試成績，而且還比得不亦樂乎。

「高二的學生不應該這樣，想當初……」我的話戛然而止，因爲我想到了我今天約昱卉單獨出來的原因。

察覺到我的突兀，昱卉反而很坦然地給我一個微笑，跟我說：「算了吧，已經沒關係了。」

我覺得有點尷尬，沒想到後來反而是我比她還要在意這些。站在茶店外，我一手撐著傘，一手伸進外套暗袋裡，努力想把塞在裡頭的名信片跟短信拿出來。之所以不先進去，是因爲我怕昱卉看完了之後會沒心情喝茶。這跟她是否已經釋懷無關，畢竟她才是經歷過這場愛情風暴的女主角。

「要拿什麼？不會又拿出蜥蜴吧？」她打趣著說。

「當然不是蜥蜴呀，笨死了。」我一邊嘟噥著，一邊掏出東西來。

「這是蜻蜓寫來的。」我說。

昱卉露出爲難的表情，她也在掙扎著，雖然相隔多時，但我不知道她有沒有勇氣去看那內容。當激動的心花了將近一年，好不容易平靜下來之後，我可以明白她的難處，誰都很難逼自己去回味曾受過的傷。

「阿振……」

的。」

「妳先看吧。」我特別補充：「不過最後兩句不看也罷，那傢伙很愛開玩笑，妳知道

昱卉點點頭，她說：「還記得那時候，我請你幫我問他的問題嗎？」

「當然記得。」

她手上拿著信跟名信片，眼睛卻看著我，「這上面有他的答案嗎？」

「愛與夢想的問題，這裡頭或多或少也算有吧，至於第二個……」昱卉的第二個問題，則延續第一個而來，就算有一天，昱卉眞的明白蜻蜓離開的苦衷了，但兩個人也已經沒有任何關聯了，那麼她明白這些又如何？我不知道應該怎麼回答，所以只好還是把那張卡片交給她。

細雨不斷地從陰暗的天空飄落，週末的下午，校門口附近只有淅瀝的雨聲，我手上的雨傘拿得有點偏，雨水濕了我一身，也將昱卉的髮絲凝結成束，我們站在馬路邊，我什麼都沒說，只是靜靜地看著她，直到昱卉看完了名信片跟那封短信。

「我懂了。」

「懂了？」雖然我知道愛與夢想不過是個觀念認同的問題，但是昱卉這樣就說她懂了，未免讓我有點詫異。要是這問題那麼簡單就能讓人釋懷，那麼一年前她幹嘛哭得死去活來？

「我花了一年時間，才讓我自己看得開，」昱卉低頭看了一下手中的那封信，聳肩笑了一下，「這只是我跟他在看法上的不同而已，不是嗎？」

「那第二個問題呢？」我覺得有點擔心，深怕一不留神間，昱卉的眼淚會混著雨水一起

滴落。

「既然這樣的話，那我又何必去在意第二問題呢？」

今天昱卉的笑容，有很多種不同的變化，現在笑得像是有點無奈，但是卻也輕鬆。

「如他所說，人不能老是回頭看，所以我現在很努力，只想活在當下。已經離開的，我把它收好，放在心裡當成紀念，未來的，我想我應該好好把握。」

「所以呢？」我覺得自己又變回以前的樣子了，像個稱職的相聲演員。

昱卉沒正面回答我的問題，卻說：「這一年來，你每次打電話給寶雯之後的隔天，我總要聽那個女人說她的心情有多不美麗。」

「她幹嘛心情不美麗？」

「如果你接到一個女孩打電話給你，一直問你你死黨的日常生活，有沒有吃飯？有沒有淋雨？有沒有乖乖念書或睡覺，每次一問都要兩個小時，連續問一年，你覺得你的心情會美麗嗎？」

「啊幹，她出賣我！」我大叫，雨傘一偏，一陣雨直接打在我臉上。

昱卉笑得很開心，伸手用衣袖幫我擦去了額頭上的水。

「這場雨跟基隆的雨應該不同，對吧？」她忽然這樣問我。

我點頭，當然不同。

「所以這裡的人也應該跟基隆的人不同，對吧？」她又問我。

我有點愕然，不曉得這句話是什麼意思，昱卉又露出了一個不一樣的笑，那是這一年來難得一見的笑容，非常眞心，而且愉快。

時間沒有帶走妳的笑容，自然也帶不走我的愛情。
我慶幸著，我慶幸著。

【全文完】

圈圈叉叉 ▶外一章

Because of You

01

在有點深沉的夜裡下班，九月的高雄還很熱。儘管來了這城市生活多年，我依舊無法習慣北回歸線以南的氣候。二〇〇四年的夏末，如果有什麼是值得開心的，我想大概就是我順利地升上大四吧。我爸收到成績單的時候，帶我去廟裡謝神，他說要感謝菩薩，讓我有低空過關的福氣。差兩學分，我就二一了。

騎著車趕到與朋友約定的地方，聽著PUB震耳欲聾的搖滾樂，看著鼓手激情地敲打，還有吉他手閉上眼睛，吉他跟人好像融爲一體的優雅美感，我感覺自己有點微醺。這是去過全高雄好幾家夜店，我唯一一個喜歡的地方。

店裡每天到了晚上十點，就開始有樂團表演，十點的爵士樂算是暖場，十一點之後就是奔放的搖滾樂時段，通常我趕到的時候，爵士樂表演幾乎都已接近尾聲。

而今晚，隨著夜漸深，店裡的客人已經散去大半，背靠著椅子，我閉上眼睛，跟著旋律輕輕哼著。來這裡對我有很多種不同的目的，有時我是爲了學習樂團演奏者的台風，好運用在自己的樂團裡；有時我只是純粹想放鬆心情，跟蘇菲亞與櫻桃，大家喝點小酒，抽幾根菸，聽聽她們的生活與心事，而有時候，我則什麼都不想，只是單純地挑戰遠在台中，我爸媽要我在高雄不能晚於十一點回宿舍的規定而已。

我是葉宛喬，從台中來的那個葉宛喬。

轉身出了店門，發動了機車，不管什麼樣的我都是我，凌晨兩點前我要回到宿舍，跟自己說晚安。

一個人站在五福路邊，看著城市光廊的燈光逐漸亮起，絢爛的光影閃動，我忽然有股倦意。於是我拆開香菸封套，點了一根，安靜地坐在路邊，與燈光同時飛舞的還有蚊子，香菸吸進體內的不多，大多是搖晃著煙霧驅趕蚊蟲。

在這個城市居住了三年多之後，依然如此陌生。那是一種雖然熟悉，卻不是融入的感覺，這是我此刻最深摯的體會。原來這就叫作「異鄉」。

不知道跟我一樣，都在異鄉生活的朋友會不會也有這種疏離感呢？我把吉他靠在牆角，然後蹲了下來，打了一通電話給現在人在台南念成大的高職死黨。

「佳琳呀，是我，小喬。」這女人不知道在忙什麼，電話響了好久才接。

「什麼時間不好打，妳怎麼偏挑人家吃飯時間打來呀？」電話那頭，佳琳說她剛剛下課，延畢正在念大五的她，現在每天晚上都要打工，所以吃完就要趕快出門了。

「好吧，其實也沒什麼事，我只是覺得有點悶。」我苦笑著。

「悶？妳哪一份工作被炒魷魚嗎？」

「當然沒有呀，補習班做得很好，咖啡店的小老闆還對我告白呢。」

「妳音樂玩得不開心？」

「除了鼓手……也就是我們那位小老闆，有點死纏不休之外都還好。」

「那一定是妳那個男朋友在讓妳悶了？」

「他只會叫我帶蚵仔煎給他吃啦他。」我沒好氣地說。

佳琳想了想，沉吟了一下，然後用很鄭重的口氣說：「我知道了，妳肯定是又被當了。」

「去你媽的，才剛開學，不要詛咒我。」

電話那頭佳琳放聲大笑，她最喜歡聽我罵髒話，因爲我的聲音太細，罵起髒話來不但沒有威嚴，而且簡直好笑到不行。

「喂，有點禮貌好不好，小心噎死妳。」我說：「我覺得我現在正處在一種鄉愁當中，鄉愁妳懂嗎？思念故鄉的惆悵哪！」

好不容易等她笑完，又等她撿起笑得碰到桌底下去的筷子，佳琳大口喘了幾下氣，用很認眞的聲音對我說：「傻瓜，妳怎麼會是在思鄉呢？思什麼鄉？台中離高雄又不遠，妳也不是好幾年才回家一次。而且妳是在思什麼鄉？想以前念的學校，還是在想妳老爸的那棟高級公寓？」

我說我也不知道。

「妳思念的，應該不是這些，妳思念的，應該是那個人，或者跟那個人交往的那段日子才對吧。」最後，她意味深長地說。

那個人？有嗎？

我承認我經常想起那樣一個人，可是我不覺得那個人還會對我的人生起任何作用，年少輕狂時的種種，早已雲淡風清，許多應該放手讓它過去的，我早已不再眷戀。

「妳確定妳這麼看得開？」佳琳還追著我打。

「當然，我連自己男朋友都沒時間管了，我怎麼還有時間去想到那些過去呢？」

我笑著告訴佳琳，今天能夠有時間讓我坐在路邊喝啤酒，已經是非常難得的事情了。通常我的一天都需要四十八小時，還恨不得自己有兩雙手、四隻腳，最好還可以有兩個頭。

「還說妳沒受他影響？妳以前最討厭忙碌的。」

「有嗎？」

「人可以騙人，可是不能騙自己唷！」

「我沒騙自己呀！」我笑了出來，眞不知道這女人在想什麼。

「催眠也是一種自我欺騙哪！」說著，她忽然尖叫了一聲，看來她的便當是吃不完了。

我笑著掛上電話，然後又點了一根香菸，跟著傳了一封簡訊。

據說我現在的忙碌都是因爲你，可能我以爲的自己並不是眞正的自己。我知道我會忘記你，要忘記你。但是現在的你好嗎？我跑遍了高雄的屈臣氏，再買不到跟我送你的一樣的鱷魚阿章。我快要忘記你了，你呢？周，振，聲。

菸味有點嗆鼻，這不是我習慣的香菸品牌，萬寶路淡菸，是以前的他抽的。

有記憶，才有追逐的機會。
有追逐的機會，故事才會繼續。

02

把透明的玻璃杯全都擦得晶亮之後，我叼著香菸，坐在吧台邊抄寫樂譜。自從大一加入社團，組了樂團之後，我就開始學著寫譜。樂譜是一種很見仁見智的東西，每個人操作的樂器不同，寫法就不一樣。即使是玩同樣樂器的人，也會因爲習慣相異，而各有各看得慣的樂譜。我們團裡只有我一個吉他手，所以既沒有人可以幫我寫，別人寫的我也看不懂。

老爹走過來看了我一下，他手上拿著造型精緻的酒精燈，正準備給加了砂糖的愛爾蘭威士忌加熱，本來他打算拿根湯匙用攪拌的就好，不過個人給他的建議是，這樣實在很沒情調。

「這樣眞的會比較好看嗎？」他很疑惑，因爲用酒精燈加熱溶糖，其實只是噱頭。

「相信我，身爲一個老闆，手藝之外，儀態也是非常重要的。」我頭也沒抬地回答。

老爹煮咖啡的技術，用文雅的說法，叫作「精湛」，比較通俗的形容則是很「屌」。在這家咖啡店打工，除了錢是誘因之外，更重要的是這裡有許多讓人流連忘返的地方，比方老爹的手藝，還有店內有別於一般咖啡店庸俗的擺設，以及它超級低的消費。

不過說消費低廉，每天來喝也是很驚人的，套句愛喝酒的櫻桃所說的：「喜歡喝又喝不起的話怎麼辦？簡單，去那裡打工就對了。」

所以每個週末，我都是這裡的工讀生，只不過我是事情做得很少的那一種。

調製出一杯充滿濃濃酒香，喝起來又絲毫不醉人的愛爾蘭咖啡後，老爹要我寫完譜之後把店內空間稍微調整一下，下午有一群學生要在這裡辦迎新會。

點點頭，每家大專院校的開學時間都不一樣，現在正值開學期間，最近店裡經常有學生團體為了辦迎新活動而來包場地，這我已經司空見慣了。不過我告訴老爹說，等一下先讓我出去影印點東西，印完再回來佈置場地。

今天的高雄微陰，看起來像是要下雨。大概是因為這樣，所以路上的行人也不多。咖啡店就在火車站附近，這裡的人潮原本應該不少，但因為天氣影響，看樣子老爹的咖啡店今天只能依靠那群辦迎新的小朋友了。

我站在影印機前，等待樂譜一張張印出來，眼睛看著影印機，心裡想起以前的許多往事，當年我還在台中念書時的往事，那時我也經常拿著一堆跟同學借來的筆記，像現在這樣影印。

以前就讀的家商，制服是水手服，當同學或家人都稱讚那套制服很有特色時，只有我心中感到萬分厭惡。穿上了制服，表示我與別人沒有不同；背著一樣的書包，我跟大家盛載的也只是一樣的內在。那時的我很討厭參加活動，不管是社團或自己班上辦的都一樣，團康、聯誼，總是要大家努力地把智商降低，做一些奇怪的動作，玩一些奇怪的遊戲。

我總想要讓自己的生命跟別人有一點哪裡不同的地方，拒絕被裝在制式的容器內，總覺得一定可以找到屬於自己的形狀。不過十七歲那年的我很笨，這些想法讓我不但沒有成功，而且還在管理嚴格的家商被記了兩支大過，但天可憐見，我其實不過是蹺家一天，去佳琳她家過了一夜，然後隔天把頭髮挑染成藍色，又剪一個階梯狀的劉海而已。

不過這些事情都已經過去好久了，現在想起來只覺得很可笑，眞不曉得當年自己是哪來的那份勇氣，居然妄想跟全世界對抗。

把錢付給影印店老闆，我拿著分類好的樂譜走出來，高雄的陽光突破陰霾，帶來爲時應該不會太長的耀眼。

把樂譜拿來遮擋陽光，我慢慢走過馬路，心裡還在繼續懷念著從前。

每當我想起那段最荒唐的高二生活時，忍不住就會想起那個男孩。始終壓抑著自己個性的我，因爲高二上學期的一次聯誼，認識了就讀於高工的他。那小子是個連直流或交流電都搞不清楚的電機科學生，他的專長是被罰伏地挺身跟半蹲，偶而會讓壘球棒接觸壘球以外的東西，比如別人的腦袋，而他最大的收集，是記過單。

但是當時的我，很羨慕那個男孩的生活，多麼想要跟他一樣擁有自由的靈魂，可以騎著機車，徹夜在外遊蕩，可以隨性地蹲在路邊吃泡麵。所以當那次聯誼，從大雪山一路滑下山路時，我就決定了我要喜歡他。

儘管，那時的他，喜歡的是別人。

我想正如佳琳所言，我懷念台中的原因，其實是懷念過去有他在的日子。當我們高二上學期結束，發生了我蹺家被記過的事件之後，彼此的聯繫就更少了，大家都忙於課業，奔波於補習班與學校之間，以致於最後竟然誰都失去了誰。

然而我始終沒忘懷的，是他在我離家外宿，被逮到之後的那幾天，跟我說過的話。他說其實我們誰都不自由，只要穿著制服，我們就都不可能擁有眞正的自由。而我的任性，只是爲了滿足於自己想做的樣子，恣意，而且不受約束。他說：「如果妳已經做夠了妳想做的事情，那麼，妳是不是應該回頭去做一些妳該做的事情了呢？」

我牢記著他說過的話，所以我重考一年，以高職學歷考上了大學，而且是離我家很遠的大學。在這裡，我該做的就是讓自己的成績每次都過關，雖然很低空。

而在我開始有能力去過我眞的想過的生活時，我曾透過各種辦法找他，想再次跟他說謝謝，因爲是他，才讓我現在時常提醒我自己，要懂得「欲爲」與「當爲」這兩者之間的均衡；也因爲是他，才讓我這幾年來有了信奉的格言與目標。而在跟他失去連絡之後的這幾年，我選擇偶而買一包他習慣抽的香菸，點幾根來紀念當年有他在的日子。

點了一根香菸，陽光依舊炙熱，我又想傳封手機訊息給那個現在不知下落何方，叫作周振聲的男孩。

我最近老是想起當年，而今的你又是否會經常想起當年的我？
若想起，又是否與我一樣總充滿遺憾？

03

回到咖啡店的時候，店內已經坐了一堆人，吧台這邊老爹一個人正在努力調製著咖啡，他臉上露出非常痛苦的神色。

我笑著繫起圍裙，提起水壺，店裡只有老爹一個人有煮咖啡的本事，我們這些工讀生每個人都是半調子，爲了避免砸招牌，他不輕易讓我們調製客人要的咖啡，頂多只是讓我們去處理熱桔茶之類的飲料而已。

那群大學生們約莫有二十來個，他們佔據了整家店的三分之二，喧鬧成一團。看來就算有其他客人，也會因爲他們的吵雜而離開。我心裡祈禱著，希望他們除了打屁聊天之外，還可以多點一些餐飲，不然老爹會哭泣的。

這群孩子們正在進行著自我介紹，我穿插其間，在他們的杯子裡一一加滿檸檬水，然後又把一些已經喝完的飲料空杯收下來。今天店裡的工讀生只有我一個，所以我已經有了萬全的心理準備，要跟這些死小孩奮鬥到底。

「他們是哪個學校的？」老爹搔搔頭，擦去了汗水。

「不知道，好像是中部的學校吧。」我把已經倒空的水壺又塡滿水，開始切檸檬片。

老爹張望了一下，問我爲什麼台中的學校會跑到高雄來迎新？

「有些學校的系會比較好心，會派學長姊到外地去先跟學弟妹認識呀！打打關係，讓他們團結一下嘛。」

我心不在焉，腦袋裡想的是當年我考上中山時，學長姊們到台中來辦迎新會，跟我們見面時的情景。那時負責跟我連絡的是一位雖然住在高雄，但卻對高雄一點都不熟的學長，後來都是那個學長的朋友在帶我認識環境，他那朋友念我們學校物理系碩士班，人很幽默，不過話卻不多，所以大家都叫他小默。我搬來高雄之後，小默騎著機車，載著人生地不熟的我到處跑，幫助我認識高雄的環境。當了他一年的小學妹之後，我改當他的女朋友。

那群新鮮人做完自我介紹後，幾個為頭的學長姊們開始將大家分組，似乎正在聊著學校生活的種種。本來想湊過去聽的，但老爹拿了一張點餐單給我，所以我只好進廚房去忙，經過他們時，我稍留意了一下，那些系會派來的學長姊都身穿紅色上衣，相當顯眼。

將馬鈴薯切片前，我先把料理包放進微波爐裡。進廚房工作是種樂趣，每道菜餚完成時，總能為我帶來相當多的成就感與滿足感，這比寫歌寫譜或者改小孩子考卷還要輕鬆，而且不曉得為什麼，更能讓我感到愉悅，不過無奈的是我手藝太差，好吃的餐點往往只來自於老爹，或者廠商送來的料理包。

點餐的是兩個大一的小女生，送餐時，我聽見一個戴著米老鼠圖案帽子的學長正在說話：「大學所要學習的課程，其實跟高中差不多。而在學校裡真正要鍛練的，是你對自己的自我要求能力，以及你處理事情的能力。」

送完了餐點，我走回吧台，老爹還在忙著煮咖啡，而我則幫忙做些簡單的花茶。米老鼠學長的聲音持續傳來：「到了一個幾乎完全自由的團體裡，只有你知道自己接下來要做什麼，許多時間的運用與安排，都要靠自己去斟酌，導師不會管你這些，這就是考驗一個人自律能力的時候了。」

他說話的內容，在我心中起了一點影響，雖然他所指的是新鮮人在大學裡該留意的生活態度，然而卻讓我想起了自己這幾年來的生活。

「學長姊們今天來這裡，最主要的目的，就是傳達這個觀念給你們，希望你們過幾天到學校時，都已經做好了萬全的準備，要面對你們的新生活。」米老鼠說著，忽然停了一下，然後我瞥見他拿起了手機，接了電話。

我並不認識他，可是我覺得自己很能贊同他的說法，就在我幾乎忍不住要走過去，跟他表達我的觀點時，他卻站起了身，經過我的身邊，走向咖啡店門口。

「嗯嗯，學長，我有照你交代的跟他們講，就像你以前跟我們說的一樣嘛，該做的與想做的，對吧？」米老鼠笑著，打開了店門，對外張望了一下。

我沒聽錯吧？手上拿著水果刀的我，心裡猛然一陣悸動，好想衝過去抓住他，問他現在到底在跟誰講電話。

「對，沒錯，你從車站那邊走過來，經過7-11，看到咖啡店的時候停下腳步，會看到我就站在你旁邊，在玻璃門的裡面。」他笑著說：「哎唷，放心啦！我不會對學妹亂來的，我可不希望被你的壘球棒敲破頭。」

佇立在吧台邊，我目瞪口呆，握著刀的手有點無力。跟他說話的那個人，也會用壘球棒打人嗎？

老爹察覺了我的出神，走過來拍拍我的腦袋，問我在幹什麼。我沒回答，只是微張著嘴，看著米老鼠的背影，然後視線再穿過他，盯向店門。

今天高雄的陽光會間歇性地探頭，但偶而又有細雨飄落幾滴，像極了我此刻起伏劇烈的心情。老爹一頭霧水地站在我旁邊，陪我看著那男孩的背影。

這時候有個穿著一樣紅色上衣的男孩經過了店門，倏地停下腳步，並且在往店內看了一眼之後，立即迸出笑容。

他推開了門進來，對原本拿著手機在門口等的那隻米老鼠說：「死小子，連出來迎接都懶。」

「哎唷，學長你也算半個高雄人耶，這裡又不是多難找，我們從台中來都不怕迷路了，你怕什麼呢？」

「放屁，誰告訴你我算半個高雄人的，我只是剛好有老娘住在這裡而已。」他笑著走了進來，經過我跟老爹時，眼光完全沒停留在我們身上，直接大步踏進店內，跟那群小朋友打招呼，而米老鼠則是一臉喜悅地跟了過去。

「妳認識他？」

「很眼熟。」我跟老爹誰也沒看誰，只是看著最後進來的那個男孩。他一到裡面，就被那幾個穿紅衣的學長姊包圍住，大家開心地跟他聊了起來。

「怎樣眼熟？」

「不知道，可能他上輩子有倒過我會或跳過我票。」

「真的假的？」

「當然是唬你的。」我把刀往老爹臉上虛刺一刺，他笑著退了一步，轉身又進了吧台。

而我目光始終不離那一群年輕人，好想過去探個究竟，那男孩有許多舉動跟神情都非常神似某人，是台中來的，是半個高雄人，打人的壘球棒……

這世界很大，我知道沒有那麼多巧合。幾年來我查得到他捐獻五百元給高工校友會，成爲校友會委員之一；查過歷屆四技二專榜單，沒有出現過半個跟他同名同姓的人，甚至我還刻意去找九二一地震的罹難者名單，知道他也還活在這個世界上，可是除此之外，就是找不到他的人，完全沒有一點關於他下落的消息。而今那麼多年也都過去了，沒道理好端端一個禮拜天，他自己跑到這裡來被我遇見。

「學長，那你到底是怎麼找到這裡的？」米老鼠又問那個人。

「開玩笑，我是誰你知道嗎？我是你無敵的學長周振聲耶！」那個男孩大聲地回答他。

「鏗！」我手上的刀掉了。

緣分的延續，有時帶來的不只是悸動，還是手軟腳軟。

我差點癱倒，被老爹扶起來時，領悟了這個道理。

未完待續

■後記・對的人&誰怕誰

這個故事的起源，其實無關乎一切，如果我有打算用這十幾萬字證明點什麼，我想我要證明的，只是「青春」它確實存在過，還有怎樣去尋找自己生命中的那個「對的人」而已。

在那個年代裡，做出來的一切似乎都是瘋狂的，也都是真誠的，或許若干年後反思之時，不免要覺得有點愚蠢或天真，但在「青春」的魔力最旺盛時，卻會覺得這一切都是值得的。這魔力影響了每個人，它讓每個男孩或女孩都不顧一切地付出生命中最精采的部分，只為了實現夢想，或追逐自己理想中的愛情。

但，青春同時也是受到壓抑的，用校規、用升學制度、用道德與法律，也用家庭教育。我願意接受這樣的說法：適度的壓抑與控制，是為了調節生長的方向與發展的均衡。但我仍然要抗拒那圈限青春活力的現實，它們像一道上面帶著倒鉤的鐵蛇籠網，捆綁了心，也阻礙了心的方向。

這是我之所以寫這故事的主要原因之一。寫作的期間，我經常一個人跑回以前的母校，故地重遊時，很多當初發生的往事會不斷湧上心頭，這些往事，如今想來都能會心一笑，而那當時卻可能足以讓我難過地流淚。

而我經常在想，尤其修稿期間我更常想到這個問題：到底，誰是我生命中的「對的人」？故事中多次提到，愛情的世界裡，遭遇是好是壞都沒有關係，重要的，是陪著你的，是否正是「對的人」。我想這也是故事沒有做一個完整結局，只留下昱卉若有深意的一句話的原因。因為阿振與昱卉並沒有真正交往過，誰能知道他們到底適不適合走一輩子？到底能不能經得起人生中的種種考驗？小說作者經常在故事結尾時留下一個完美的句點，卻沒有告訴讀者，當小說套進現實的時候，會有多少可能的意外？

所以，故事還沒結束。一九九八年末，他們是這個樣子的結尾，二〇〇四年秋天，可能又是另外一個開始，那是五年多以後的事情。五年多的時間可以改變很多，而人生有多少個五年？

如果說《Say Forever》是我寫過較為滿意的故事，那麼這個故事則是我寫過最困難的。因為要表達的東西太多，核心人物更多達五個，五個人之間糾纏得有點過分，讓人覺得到處是頭緒，卻也幾乎抓不到頭緒。這是我當局者迷時，感到最為棘手的地方。

故事的名稱，一直到寫完的那一天，都還維持著暫定名的「圈圈叉叉」，當初會這樣取名，是因為我覺得這故事裡的人物，他們的許多遭遇，讓人看了會有很「圈圈叉叉」的感覺。可是愈寫到後面，我愈覺得需要改個名字，因為故事從戲謔與嬉笑，慢慢走到無奈與感傷，既然精神有了更進一步的發展，當然小說也應該有更確定的標題。

故事初稿完成時，我想取名為「秋天•一九九八」，因為故事發生的時間點是那個年代；修稿的時候，我想取名叫作「對的人」。如果這個故事付梓了，那麼請幫我看看書名叫作什麼，因為我還沒想好它到底應該被叫作《圈圈叉叉》，還是叫作《秋天・一九九八》，或者叫作《對的人》。

未來總讓人感到好奇，這就是個例子。

另外比較值得一提的，是這個故事真的有續集。在構想《圈圈叉叉》時，我人在開車往高雄的路上，一邊飛馳於南二高，要去高雄喝杯咖啡，一邊我已經在想著故事人物過了五年後，可能會有的種種，而且我還打算換個人當第一人稱。

因為我很貪心，而且更重要的是我覺得很好玩，我相信也會有人覺得有趣。就讓寫故事的我，與看故事的你們，一起歌詠我們已經走過或正在經歷中的青春歲月吧！那是一個我們都無畏風雨，會奮力瞻望自由的歲月，只有在那個瘋狂的年代裡，我們才有勇氣對著全世界的壓力與教條，用力反抗，還大聲地說：誰怕誰！也只有經歷過那樣的風雨，我們才會更努力，也更真心地去對待那個只屬於自己的「對的人」。

願我們恆常保有青春之心，直到永遠。

穹風記于埔里山居

又，根據統計，包括最後寫後記的時候所遇到的，本故事寫作期間，總共發生二十三次電腦當機，創兩年來最高紀錄，謹於此哀悼我的電腦。

我們都在追求自由與對的人

17 歲那年的秋天，他們一起體驗著，
該如何在「該做」與「想做」之間求取平衡，
奮力呼吸自由的空氣。
然而，在愛情的世界裡，
關於誰才是誰的「對的人」，他們都沒有答案。
而五年後，本以為該是逝去的時光倒轉，
活在褪色記憶中，念念不忘的對象忽又重現眼前……
一個不再圈圈叉叉的世界，因為你而生的瑰麗夢想，
天空，是否即將燦爛？

網夢達人
2005年開春第一波強打
2005 年 2 月的《圈圈叉叉》，
2005 年 4 月的《Because of You》，
穹風率先推出極長篇純愛網路小說，
串連一季最繽紛的動人情懷！

國家圖書館出版品預行編目資料

圈圈叉叉／穹風著.-初版--台北市 ：
商周出版；家庭傳媒城邦分公司發行；民94
面： 公分. --(網路小說；65)

ISBN 986-124-332-1（平裝）
857.7 94000326

圈圈叉叉

作　　者／穹風
總 編 輯／林宏濤
責任編輯／楊如玉

發 行 人／何飛鵬
法律顧問／中天國際法律事務所　周奇杉律師
出　　版／商周出版
台北市 104 民生東路二段141號9樓
電話：(02)25007008　傳真：(02)25007759
e-mail：bwp.service@cite.com.tw
發　　行／英屬蓋曼群島商家庭傳媒股份有限公司城邦分公司
台北市 104 民生東路二段141號2樓
書虫客服服務專線：(02)25007718・(02)25007719
24小時傳真服務：(02)25001990・(02)25001991
服務時間：週一至週五09:30-12:00・13:30-17:00
郵撥帳號：19863813　戶名：書虫股份有限公司
讀者服務信箱E-mail：service@readingclub.com.tw
歡迎光臨城邦讀書花園　網址：www.cite.com.tw
香港發行所／城邦（香港）出版集團有限公司
香港灣仔軒尼詩道235號3樓
電話：(852) 25086231　傳真：(852) 25789337
email：hkcite@biznetvigator.com
馬新發行所／城邦（馬新）出版集團
Cite(M)Sdn. Bhd.(458372U)11, Jalan 30D/146, Desa Tasik, Sungai Besi, 57000 Kuala Lumpur, Malaysia.
電話：(603)9056 3833　傳真：(603)9056 2833
email：citecite@streamyx.com

版型設計／小題大作
封面繪圖／文成
封面設計／洪瑞伯
電腦排版／普林特斯資訊有限公司
印　　刷／鴻霖印刷傳媒股份有限公司
總 經 銷／農學社　電話：(02)29178022　傳真：(02)29516275

■2005年（民94）1月31日初版
■2011年（民100）12月28日初版28.5刷
Printed in Taiwan.

售價／180元

ISBN 986-124-332-1

請於此處用膠水黏貼

商周出版

讀者回函卡

謝謝您購買我們出版的書籍！請費心填寫此回函卡，我們將不定期寄上城邦集團最新的出版訊息。

姓名：________________

性別：□男　□女

生日：西元________年________月________日

地址：________________

聯絡電話：________________　傳真：________________

E-mail：________________

學歷：□1.小學 □2.國中 □3.高中 □4.大專 □5.研究所以上

職業：□1.學生 □2.軍公教 □3.服務 □4.金融 □5.製造 □6.資訊
□7.傳播 □8.自由業 □9.農漁牧 □10.家管 □11.退休
□12.其他________________

您從何種方式得知本書消息?

□1.書店□2.網路□3.報紙□4.雜誌□5.廣播 □6.電視 □7.親友推薦
□8.其他________________

您通常以何種方式購書?

□1.書店□2.網路□3.傳真訂購□4.郵局劃撥 □5.其他________

您喜歡閱讀哪些類別的書籍?

□1.財經商業□2.自然科學 □3.歷史□4.法律□5.文學□6.休閒旅遊
□7.小說□8.人物傳記□9.生活、勵志□10.其他________

對我們的建議：________________

____

____

____

請於此處用膠水黏貼

商周出版

廣　告　回　函
台灣北區郵政管理登記證
台北廣字第000791號
郵資已付，免貼郵票

104 台北市民生東路二段141號2樓
英屬蓋曼群島商家庭傳媒股份有限公司城邦分公司 收

請沿虛線對摺，謝謝！

商周出版

書號： BX4065　　**書名：** 圈圈叉叉